# 林語堂

林語堂 著
李斌 導讀

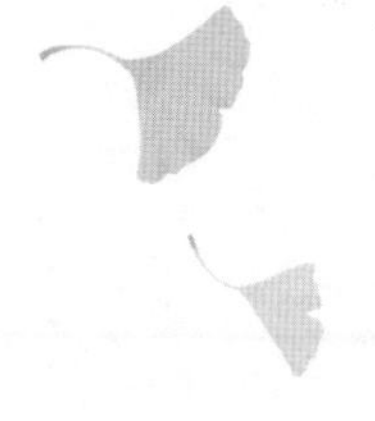

中華教育

# 目錄

# 林語堂小傳

林語堂（1895—1976），乳名和樂，原名林玉堂，福建龍溪人，中國現當代著名的語言學家、哲學家、文學家。

林語堂的父親林至誠為教會牧師，曾教他讀過「四書」等中國傳統典籍，並向他灌輸基督教教義，要他看中國近代著名文學家、翻譯家林紓翻譯的西方小說。1912—1916 年間，林語堂在上海聖約翰大學學習英語專業，增進了對西方文化的了解。1916—1919 年間，林語堂擔任清華學校英文教員，他由信仰基督教義改信人文主義，並閱讀了大量國學書籍。「新文化運動」期間，林語堂關心文學革命，曾在《新青年》上發表過語言學方面的論文。

1919 年秋，林語堂攜妻子廖翠鳳赴美國哈佛大學文學系就讀，不久後到德國耶拿大學學習一學期，於 1921 年 2 月獲哈佛大學文學碩士學位。同年入德國萊比錫大學就讀，1923 年以《古代中國語音學》獲音韻學博士學位。

1923 年開始，林語堂就任北京大學教授。除研究語言學外，他還成為《語絲》雜誌的主要撰稿人之一，與魯迅、周作人兄弟一起，致力於國民性思考，支持教育界的各種進步活動。1926 年，林語堂出任北京女子師範大學教務長，支持女師大學生反對楊蔭榆的鬥爭，受到北洋軍閥政府的通緝，被迫南下。

1926 年，林語堂在廈門大學任文科主任和國學院總祕書。1927 年 3 月，林語堂離開廈門大學，赴武漢國民政府任外交部祕書。1928 年，轉任中央研究院國際出版品交換處處長。同年，《剪拂集》由北新書局出版。1929 年起，林語堂為新成立的開明書店編輯中學英文課本，十分暢銷。

1932 年，林語堂主編《論語》半月刊，1934 年創辦《人間世》，出版《大荒集》，1935 年創辦《宇宙風》，提倡「以自我為中心，以閒適為格調」的小品文，成為「論語派」主要人物。其間，林語堂參加宋慶齡、蔡元培等人發起的「中國民權保障同盟」。

1936 年 8 月，林語堂舉家赴美。在美國，他用英文寫出了《吾國與吾民》、《風聲鶴唳》、《孔子的智慧》、《生活的藝術》、《京華煙雲》等著作，又將中國的孔孟、老莊哲學和陶淵明、李白、蘇東坡、曹雪芹等人的文學作品翻譯成英文推廣。林語堂用英文寫作或翻譯的作品在西方非常受歡迎。例如美國著名作家賽珍珠認為，《吾國與吾民》「是關於中國所有著作之中，最忠實、最深刻、最完備和最重要的一本」。該書自 1937 年出版後，在美國已出版 40 版以上，還被翻譯成不同語言在法國、德國、丹麥、瑞典、西班牙、意大利、巴西等國出版。

抗日戰爭全面爆發後，林語堂在國外發表了《日本征服不了中國》、《日本必敗論》等多篇文章宣傳抗日。1940 年、1943—1944 年間，林語堂兩次回國。1943 年，出版《啼笑皆非》，提倡道家的忍讓精神，受到郭沫若、巴金等作家的反對。1947 年，任聯合國教科文組織美術與文學主任，不久辭職。1952 年，在美國與人創辦《天風》雜誌。1954 年，赴新加坡籌建南洋大學並任校長，後因與校董不和離職。

1965 年，林語堂從英文寫作為主轉向以中文寫作為主，並受邀為台灣「中央社」開闢「無所不談」專欄，文章以「中央社」電訊形式刊出，供各報刊登。這些文章後結集為《無所不談合集》出版。1966 年，林語堂定居台灣，受到台灣政要及各界名流的歡迎。1967 年，他受聘為香港中文大學研究教授，主持《當代漢英詞典》的編撰。該詞典於 1972 年由香港中文大學出版，定名為《林語堂當代漢英詞典》。

在台灣和香港期間，林語堂積極參加國際文化交流活動。1968 年，赴漢城（今稱首爾）參加國際大學校長協會第二屆大會，發表題為《趨向全人類的共同遺產》的演講。1969 年，他被推舉為國際筆會台灣分會會長，同年 9 月赴法國小城蒙頓參加國際筆會第 36 屆大會。1970 年，在台北主持亞洲作家會議，擔任主席團主席。同年 7、8 月間赴漢城參加國際筆會第 39 屆會議，發表《論東西文化的幽默》的主題演講。1975 年 9 月，在奧地利維也納舉行的第 41 屆國際筆會上，林語堂被推選為副會長，並被推薦為諾貝爾文學獎的候選人之一。

1976 年 3 月 26 日，林語堂去世於香港，後移台北，安葬於陽明山家園裏。

林語堂既有深厚的中國傳統文化積澱，又有很高的英文造詣，可謂學貫古今中西。他在美國用英語寫作中國題材的小說及散文，又將中國傳統文學、哲學名著翻譯成英文後介紹給西方。很多外國友人就是通過林語堂的文章了解古老而神祕的中國的。從中西文化交流的角度來說，林語堂真是一位了不起的使者。他也因其在文學上的突出貢獻，四次獲得諾貝爾文學獎提名。

林語堂的小說文風清麗雅致，具有濃厚的古典意境。他的散文語言幽默、風趣，格調閒適、超然。任何一件生活中不起眼的小事，他都能把古今中西的事例、典故、格言信手拈來，娓娓道來，角度獨特、獨闢蹊徑，寫成一篇讓人回味良久又備感有趣別致的文章。近年來，林語堂越來越受到國內讀者的歡迎，他的小說《京華煙雲》、《風聲鶴唳》等被拍成影視劇，散文也備受大家喜愛。

# 中國文化之精神

## 導讀

本文最初為 1932 年在牛津大學和平會的演講稿，後發表於 1932 年 7 月 15 日《申報月刊》創刊號，又收入 1934 年 6 月生活書店初版《大荒集》。林語堂曾説：「有一位好作月旦的朋友評論我説，我的最長處是對外國人講中國文化，而對中國人講外國文化。這原意不是一種暗襲的侮辱，我以為那評語是真的。」林語堂「對外國人講中國文化」，獲得了很大成功，很多西方人都將他看成現代「東方聖人」。美國著名作家賽珍珠認為林語堂談中國文化的《吾國與吾民》為「關於中國所有著作之中，最忠實、最深刻、最完備和最重要的一本」。直到 1989 年 2 月 10 日，美國前總統老布什還在演講中説：「林語堂講的是數十年前中國的情形，但他的話今天對我們每一個美國人都很受用。」

本文是作者「對外國人講中國文化」的系列作品之一，並預示了《吾國與吾民》等作品的產生。作者在本文中認為，中國人追求「享受淳樸生活，尤其是家庭生活的快樂（如父母俱存，兄弟無故等），及在於五倫的和睦」；「認定人生目的在於今世的安福」；「主張中庸，所以惡趨極端，因為惡趨極端，所以不信一切機械式的法律制度」；「中國人的思想是直覺的、組合的」。這些看法，敏鋭地指出了大多數中國人的習慣和中國文化的特徵。正如學者王兆勝所説，林語堂「捕捉到中國文化的神髓，並以簡約的形式傳達給西方讀者」，不愧為一個優秀的傳播中國文化的使者。

此篇原為對英人演講，類多恭維東方文明之語。茲譯成中文發表，保身之道既莫善於此，博國人之歡心，又當以此為上策，然一執筆，又有無限感想，油然而生。

一、東方文明，余素抨擊最烈，至今仍主張非根本改革國民懦弱委頓之根性，優柔寡斷之風度，敷衍逶迤之哲學，而易以西方勵進奮圖之精神不可。然一到國外，不期然引起心理作用，昔之抨擊者一變而為宣傳，宛然以我國之榮辱為個人之榮辱，處處願為此東亞病夫作辯護，幾淪為通常外交隨員，事後思之，不覺一笑。

二、東方文明、東方藝術、東方哲學，本有極優異之點，故歐洲學者，竟有對中國文化引起浪漫的崇拜，而於中國美術尤甚。一般學者，於玩摩中國書畫、古玩之餘，對中國藝術愛好之誠，或與歐西學者之思戀古代希臘文明同等。余在倫敦參觀 Eumolphopulus 私人收藏中國瓷器，見一座定窯[①] 觀音，亦神為之蕩。中國之觀音與西洋之瑪姐娜[②]（聖母）同為一種宗教藝術之中心對象，同為一民族藝術想像力之結晶。然平心而論，觀音姿勢之妍麗，態度之安詳，神情之嫻雅，色澤之可愛，私人認為在西洋最名貴瑪姐娜之上。吾知縱令吾生為歐人，對中國畫中人物，亦必發生思戀。然一返國，則又起異樣感觸，始知東方美人，遠視固體態苗條，近睹則百孔千瘡，此又一回國感想也。

① 定窯，中國宋代五大官窯之一，盛產白瓷，現位於河北曲陽境內。

② 瑪姐娜，現通譯為馬利亞，基督教中的聖母。

三、中國今日政治、經濟、工業、學術，無一不落人後，而舉國正如醉如痴，連年戰亂，不恤民艱，強鄰外侮之際，且不能釋除私怨，豈非亡國之徵？正因一般民眾與官僚，缺乏徹底改過、革命之決心，黨國要人，或者正開口浮屠，閉口孔孟；思想不清之國粹家，又從而附和之。正如富家之紈絝子弟，不思所以發揮光大祖宗企業，徒日數家珍以誇人。吾於此時，復作頌揚東方文明之語，豈非對讀者下痲醉劑，為亡國者助聲勢乎？中國國民固有優處，弱點亦多。若和平忍耐諸美德，本為東方精神所寄託，然今日環境不同，試問和平忍耐，足以救國乎，抑適足以亡國之禍根乎？國人若不深省，中夜思過，轉和平為抵抗，易忍耐為奮鬥，而坐聽國粹家之催眠，終必昏聵不省，壽終正寢。願讀者對中國文化之弱點着想，毋徒以東方文明之繼述者自負。中國始可有為。

我在未開篇之先，要先聲明演講之目的，並非自命為東方文明之教士，希望牛津學者變為中國文化之信徒。唯有西方教士才有這種膽量與雄心。膽量與雄心，固非中國人之特長。必欲執一己之道，使異族同化，於情理上，殊欠通達，依中國觀點而論，情理欠通達，即係未受教育。所以我這篇講話依舊是中國人冷淡的風光本色，沒有教士的熱誠；既沒有雄心救諸位的靈魂，也沒有戰艦大炮將諸位轟到天堂去。諸位聽完我所講中國文化之精神後，就能明瞭此冷淡與缺乏熱誠之原因。

我認為我們還有更高尚的目的，就是以研究態度，明瞭中國人心理及傳統文化之精要。卡來爾[③]氏有名言說：「凡偉大之藝術品，初見時必覺令人不十分舒適。」依卡氏的標準而論，則中國之「偉大」固無疑義。我們所講某人偉大，即等於說我們對於某人根本不能明瞭，宛如黑人聽教士講道，越不懂，越讚歎教士之鴻博。中國文化，盲從頌讚者有之，一味詆譭者有之，事實上卻大家看它如一悶葫蘆，莫名其妙。因為中國文化數千年之發展，幾與西方完全隔絕，無論大小精粗，多與西方背道而馳。所以西人之視中國如啞謎，並不足奇，但是私見以為：必欲不懂始稱為偉大，則與其使中國被稱為偉大，莫如使中國得外方之諒察。

我認為，如果我們了解中國文化之精神，中國並不難懂。一方面，我們不能發覺支那[④]崇拜者夢中所見的美滿境地，一方面也不至於發覺，如上海洋商所相信中國民族只是土匪流氓，對於他們運輸入口的西方文化與沙丁魚之功德，不知感激涕零。此兩種論調，都是起因於沒有清楚的認識。實際上，我們要發覺中國民族為最近人情之民族，中國哲學為最近人情之哲學，中國人民，固有他的偉大，也有他的弱點，絲毫沒有邈遠玄虛難懂之處。中國民族之特徵，在於執中，不在於偏倚，在於近人之常情，不在於玄虛理想。中國民族，頗似女性，腳踏實地，善謀自存，好講情理，而惡極



③ 卡來爾，現通譯卡萊爾（1795—1881），蘇格蘭著名的散文家和歷史學家。

④ 支那，過去西方世界對「中國」的稱呼，源自對 China 的音譯。後被日本侵略者作為對中國的蔑稱。

端理論，凡事只憑天機本能，糊塗了事。凡此種種，頗與英國民性相同。西塞羅[⑤]曾說，「理論一貫者乃小人之美德」。中英民族都是偉大，理論一貫與否，與之無涉。所以理論一貫之民族早已滅亡，中國卻能糊塗過了四千年的歷史。英國民族果能保存其著名「糊塗渡過難關」(somehow muddle through)之本領，將來自亦有四千年光耀歷史無疑。中英民性之根本相同，容後再講。此刻所要指明者，只是說中國文化，本是以人情為前提的文化，並沒有難懂之處。

倘使我們檢查中國民族，便可發見以下優劣之點。在劣的方面，我們可以舉出，政治之貪污，社會紀律之缺乏，科學工業之落後，思想與生活方面留存極幼稚、野蠻的痕跡，缺乏團體組織、團體治事的本領，好敷衍不徹底之根性等。在優的方面，我們可以舉出歷史的悠久綿長，文化的統一，美術的發達（尤其是詩詞、書畫、建築、瓷器），種族上生機之強壯、耐勞、幽默、聰明，對女士之尊敬，熱烈地愛好山水及一切自然景物，家庭上之親誼及對人生目的比較確切的認識。在中立的方面，我們可以舉出守舊性、容忍性、和平主義及實際主義。此四者本來都是健康的徵點，但是守舊易致於落伍，容忍則易於妥洽，和平主義或者是起源於體魄上的懶於奮鬥，實際主義則凡事缺乏理想，缺乏熱誠。統觀上述，可見中國民族特徵的性格大多屬於陰的、靜的、消

⑤ 西塞羅（前 106—前 43），古羅馬著名政治家、演説家、法學家和哲學家。

極的，適宜一種和平堅忍的文化，而不適宜於進取外展的文化。此種民性，可以「老成溫厚」四字包括起來。

在這些叢雜的民性及文化特徵之下，我們將何以發見此文化之精神，可以貫穿一切，助我們了解此民性之來源及文化精英所寄託？我想最簡便的解釋在於中國的人文主義，因為中國文化的精神，就是此人文主義的精神。

人文主義（Humanism）含義不少，講解不一。但是中國的人文主義（鄙人先立此新名詞）卻有很明確的含義。第一要素，就是對於人生目的與真義有公正的認識。第二，吾人的行為要純然以此目的為旨歸。第三，達此目的之方法，在於明理，即所謂事理通達，心氣和平（spirit of human reasonableness）即儒家中庸之道，又可稱為「庸見的崇拜」（religion of commonsense）。

中國的人文主義者，自信對於人生真義問題已得解決。自中國的眼光看來，人生的真義，不在於死後來世，因為基督教所謂此生所以待斃，中國人不能了解；也不在於涅槃，因為這太玄虛；也不在於建樹勛業，因為這太浮泛；也不在於「為進步而進步」，因為這是毫無意義的。所以人生真義這個問題，久為西洋哲學宗教家的懸案，中國人以只求實際的頭腦，卻解決得十分明暢。其答案就是在於享受淳樸生活，尤其是家庭生活的快樂（如父母俱存，兄弟無故等），及在於五倫的和睦。「暮從碧山下，山月隨人歸」[⑥]，或是「雲

⑥ 語出唐代詩人李白《下終南山過斛斯人宿置酒》。

淡風輕近午天，傍花隨柳過前川」[7]，這樣淡樸的快樂，自中國人看來，不僅是代表含有詩意之片刻心境，乃為人生追求幸福的目標。得達此境，一切泰然。這種人生理想並非如何高尚（參照羅斯福氏所謂「殫精力竭的一生」），也不能滿足哲學家玄虛的追求，但是卻來得十分實在。愚見這是一種異常簡單的理想，因其異常簡單，所以非中國人的實事求是的頭腦想不出來，而且有時使我們驚詫，這樣簡單的答案，西洋人何以想不出來。我見中國與歐洲之不同，即歐人多發明可享樂之事物，卻較少有消受享樂的能力，而中國人在單純的環境中，較有消受享樂之能力與決心。

此為中國文化之一大祕訣。因為中國人能明知足常樂的道理，又有今朝有酒今朝醉，處處想偷閒行樂的決心，所以中國人生活求安而不求進，既得日前可行之樂，即不復追求似有似無、疑實疑虛之功名事業。所以中國的文化主靜，與西人勇往直前、躍躍欲試的精神大相徑庭。主靜者，其流弊在於頹喪潦倒。然兢兢業業、熙熙攘攘者，其病在於常患失眠。人生究竟幾多日，何事果值得失眠乎？詩人所謂「共誰爭歲月，贏得鬢邊絲」[8]。伍廷芳[9]使美時，有美人對伍氏敘述某條鐵道造成時，由費城到紐約可省下一分鐘，言下甚為得意，伍氏淡然問他：「但是此一分鐘省下來時，作何

---

⑦ 語出宋代理學家程顥《春日偶成》。

⑧ 語出唐代詩人杜牧《歸家》。

⑨ 伍廷芳（1842—1922），清末民初傑出的外交家、法學家，曾做過清政府的駐美公使。

用處？」美人瞠目不能答覆。伍氏答語最能表示中國人文主義之論點。因為人文主義處處要問明你的目的何在，何所為而然？這樣的發問，常會發人深省的。譬如英人每講户外運動以求身體舒適（keeping fit），英國有名的滑稽週報《Punch》卻要發問：「舒適做甚麼用？」（fit for what？）（原雙關語，意為「配做甚麼用？」）依我所知，這個問題此刻還沒回答，且要得到圓滿的回答，也要有待時日。厭世家曾經問過，假使我們都知道所幹的事是甚麼，世上還有人肯去幹事嗎？譬如我們好講婦女解放自由，而從未一問，自由去做甚？中國的老先生坐在爐旁大椅上要不敬地回答：「自由去婚嫁。」這種人文主義冷靜的態度，每易煞人風景，減少女權運動者之熱誠。同樣的，我們每每提倡普及教育，平民識字，而未曾疑問，所謂教育普及者，是否要替《逐日郵報》及 Beaverbrook[⑩] 的報紙多製造幾個讀者？自然這種冷靜的態度，易趨於守舊，但是中西文化精神不同之情形，確是如此。

其次，所謂人文主義者，原可與宗教相對而言。人文主義既認定人生目的在於今世的安福，則對於一切不相干問題一概毅然置之不理。宗教之信條也，玄學的推敲也，都摒斥不談，因為視為不足談。故中國哲學始終限於行為的倫理問題，鬼神之事，若有若無，簡直不值得研究；形而上學

⑩ Beaverbrook，比弗布魯克（1879—1964），生於加拿大的英國出版家，曾建立起龐大的報業帝國。

的啞謎，更是不屑過問。孔子早有「未知生，焉知死」之名言，誠以生之未能，遑論及死。我此次居留紐約，曾有牛津畢業之一位教師質問我，謂最近天文學説推測，經過幾百萬年之後太陽光熱漸減，地球上生物必殲滅無遺，如此豈非使我們益發感到靈魂不朽之重要？我告訴他，老實説，我個人一點兒也不着急，如果地球能再存在五十萬年，我個人已經十分滿足。人類生活若能再生存五十萬年，已經盡夠我們享用，其餘都是形而上學無謂的煩惱。況且一人的靈魂可以生存五十萬年，尚且不肯干休，未免夜郎自大。所以牛津畢業生之焦慮，實是代表日耳曼族心性，猶如個人之置五十萬年外事物於不顧，亦足代表中國人的心性。所以我們可以斷言，中國人不會做好的基督徒，要做基督徒便應入教友派（Quakers）[11]，因為教友派的道理，純以身體力行為出發點，一切教條虛文，盡行廢除，如廢洗禮、廢教士制等。佛教之漸行中國，結果最大的影響，還是宋儒修身的理學。

人文主義的發端，在於明理。所謂明理，非僅指理論之理，乃情理之理，以情與理相調和。情理二字與理論不同，情理是容忍的、執中的、憑常識的、論實際的，與英文 commonsense 含義與作用極近。理論是求徹底的、趨極端的、憑專家學識的、尚理想的。講情理者，其歸結就是中庸之道。此庸字雖解為「不易」，實即與 commonsense 之

⑪ 教友派（Quakers），又稱貴格會或公誼會，基督教新教的一個派別。該派主張和平主義和宗教自由，派內沒有等級結構，反對洗禮、聖餐等儀式。

common 原義相同。中庸之道，實即庸人之道，學者專家所失，庸人每得之。執理論者必趨一端，而離實際；庸人則不然，憑直覺以斷事之是非。事理本是連續的、整個的，一經邏輯家之分析，乃成斷片的，分甲乙丙丁等方面，而事理之是非已失其固有之面目。唯庸人綜觀一切而下以評判，雖不中，已去[12]實際不遠。

中庸之道既以明理為發端，所以絕對沒有玄學色彩，不像西洋基督教把整個道學以一段神話為基礎。（按《創世記》第一章記亞當吃蘋果犯罪，以致人類於萬劫不復，故有耶穌釘十字架以贖罪，假使亞當不吃蘋果，人類即不墮落，人類無罪，贖之謂何？耶穌降世，可一切推翻，是全耶教教義基礎，繫於一個蘋果之有無；保羅[13]神學之論理基礎如此，不亦危乎？）人文主義的理想在於養成通達事理之士人。凡事以近情近理為目的，故貴中和而惡偏倚，惡執一，惡狡猾，惡極端理論。羅素[14]曾言:「中國人於美術上力求細膩，於生活上力求近情。」（In art they aim at being exquisite and in life at being reasonable. 見《論東西文明之比較》一文）在英文，所謂 do be reasonable 即等於「毋苛求」、「毋迫人

---

⑫ 去，距離。

⑬ 保羅，基督教早期最具影響力的傳教士之一，基督徒的第一代領導者之一，促進了基督教的傳播，撰寫的書信構成《新約》的重要組成部分，可謂基督教的第一個神學家。

⑭ 羅素（1872—1970），英國哲學家、數學家、邏輯學家，是 20 世紀西方影響最大的學者。

太甚」；對人說「你也得近情些」，即說「勿為已甚」。所以近情，既承認人之常情，每多弱點，推己及人，則凡事寬恕、容忍，而易趨於妥洽。妥洽就是中庸，堯訓舜「允執其中」，孟子曰「湯執中」，《禮記》曰「執其兩端，用其中於民」，用白話解釋就是這邊聽聽，那邊聽聽，結果打個對折，如此則一切一貫的理論都談不到。譬如父親要送兒子入大學，不知牛津好，還是劍橋好，結果送他到伯明罕[15]。所以兒子由倫敦出發，車開出來，不肯東轉劍橋，也不肯西轉牛津，便只好一直向北去到伯明罕。那條伯明罕的路，便是中庸之大道。雖然講學習不如牛津與劍橋，卻可免傷牛津、劍橋的雙方好感。明這條中庸主義的作用，就可以明中國歷年來政治及一切改革的歷史。季文子[16]三思而後行，孔子評以再思可矣，也正是這個中和的意思，再三思維，便要想入非非。可見中國人，連用腦都不肯過度。故如西洋作家，每喜立一說，而以此一說解釋一切事實。例如亨利第八[17]之娶西班牙加特琳公主，Froude[18]說全出於政治作用，

---

⑮ 伯明罕，現通譯伯明翰，英格蘭中部城市，有著名的伯明翰大學。此處指伯明翰大學。

⑯ 季文子（前651？—前568），姬姓季孫氏，名行父，春秋時期魯國人，執政魯國多年。謚號為「文」，故稱季文子。

⑰ 亨利第八，即亨利八世（1491—1547），英國歷史上著名的皇帝，他實施一系列改革，促進了英國的強盛，但也以殘暴嗜殺聞名。

⑱ Froude，現通譯弗勞德（1818—1894），英國歷史學家，著有《英國史》。

Bishop Creighton[19] 偏說全出於色慾的動機。實則依庸人評判，打個對折，兩種動機都有，大概較符實際。又如犯人行兇，西方學者，唱遺傳論者，則謂都是先天不是；唱環境論者，又謂一切都是後天不是。在我們庸人的眼光，打個對折，豈非簡簡單單先天後天責任要各負一半？ 中國學者則少有此種極端的論調。如 Picasso（畢加索）[20] 拿 Cézanne（塞尚）[21] 一句本來有理的話，說一切物體都是三角形、圓錐形、立方體所併成，而把這句話推至極端，創造立體畫一流，在中國人是萬不會有的。因為這樣推類至盡，便是欠庸見（commonsense）。

因為中國人主張中庸，所以惡趨極端，因為惡趨極端，所以不信一切機械式的法律制度。凡是制度，都是機械的、不徇私的、不講情的，一徇私講情，則不成其為制度。但是這種鐵面無私的制度與中國人的脾氣，最不相合。所以歷史上，法治在中國是失敗的。法治學說，中國古已有之，但是總得不到民眾的歡迎。商鞅變法，蓄怨寡恩，而卒車裂身殉。秦始皇用李斯學說，造出一種嚴明的法治，得行於羌夷勢力的秦國，軍事政制，紀綱整飭，秦以富強，但是到了秦強而有天下，要把這法治制度行於中國百姓，便於二三十年

⑲ Bishop Creighton，即克萊頓大主教。

⑳ Picasso（畢加索，1881—1973），西班牙著名畫家、雕塑家。西方現代派繪畫的重要代表。

㉑ Cézanne（塞尚，1839—1906），法國著名畫家，後期印象派的主將，被現代派畫家稱為「現代繪畫之父」。

中全盤失敗。萬里長城，非始皇的法令築不起來，但是長城雖築起來，卻已種下他亡國的禍苗了。這些都是中國人惡法治，法治在中國失敗的明證，因為繩法不能徇情，徇情則無以立法。所以儒家唱尚賢之道，而易以人治，人治則情理並用，恩法兼施，有經有權[22]，凡事可以「通融」、「接洽」、「討情」、「敷衍」，雖然遠不及西洋的法治制度，但是因為這種人治，適宜於好放任自由、個人主義的中國民族，而合於中國人文主義的理論，所以兩千年一直沿用下來。至於今日，這種通融、接洽、討情、敷衍，還是實行法治的最大障礙。

但是這種人文主義雖然使中國不能演出西方式的法治制度，在另一方面卻產出一種比較和平容忍的文化，在這種文化之下，個性發展比較自由，而西方文化的硬性發展與武力侵略，比較受中和的道理所抑制。這種文化是和平的，因為理性的發達與好勇鬥狠是不相容的。好講理的人，即不好訴之武力，凡事趨於妥洽，其弊在怯。中國人在互相紛爭時，每以「不講理」責對方，蓋默認凡受教育之人都應講理。英國公學學生就有決鬥的習慣，勝者得意，負者以後只好謙讓一點，儼然承認強權即公理，此中國人所最難了解者。即決鬥之後，中外亦有不同，西人總是來得乾脆，行其素來徹底主義，中國人卻不然，因為理性過於發達，打敗的軍酋，不

[22] 有經有權，經與權，也作常與權，是中國古代哲學的一對表示變與不變的哲學概念。

但不梟首示眾，反由勝者由國帑[23]中支出十萬圓買頭等艙位將敗者放洋遊歷，並給以相當名目，不是調查衞生，便是考察教育。此為歐西各國所必無的事。所以如此者，正因理性發達之軍人深知天道好還，世事滄桑，勝者欲留後日合作的地步；敗者亦自忍辱負重，預做遊歷歸來親善攜手的打算。若此的事理通達，若此的心氣和平，固世界絕無而僅有也。所以少知書識字的中國人，認為凡鋒芒太露，或對敵方「不留餘地」者為欠涵養，謂之不祥。所以《凡爾賽條約》[24]，依中國士人的眼光看來便是欠涵養。法人今日之所以坐卧不安時做噩夢者，正因定《凡爾賽條約》時沒有中國人的明理之故。

但是我也須指出，中國人的講理性，與希臘人之「溫和明達」（sweetness and light）及西方任何民性不同。中國人之理性，並沒有那麼神化，只是庸見之崇拜而已。自然曾參[25]之中庸與亞里斯多德[26]，立旨大同小異。但是希臘的思想風格與西歐的思想風格極端相類似，而中國的思想卻與希臘的思

---

㉓ 國帑（tǎng），國家收藏錢財的國庫。

㉔ 《凡爾賽條約》，第一次世界大戰結束後，戰勝的協約國和戰敗的同盟國簽訂的合約。上面有很多損害中國利益的條款，引發了中國的「五四」運動。

㉕ 曾參（前 505—前 432），孔子的學生，對孔子儒家學派的思想既有繼承，又有發展和建樹，著述《大學》、《孝經》等，被後世儒家尊為「宗聖」。

㉖ 亞里斯多德，現通譯亞里士多德（前 384—前 322），古希臘偉大的哲學家、科學家和教育家。

想大不相同。希臘人的思想是邏輯的、分析的，中國人的思想是直覺的、組合的。庸見之崇拜，與邏輯理論極不相容，其直覺思想，頗與女性近似。直覺向來稱為女人的專利，是否因為女性短於理論，不得而知。女性直覺是否可靠，也是疑問，不然何以還有多數老年的貴婦還在蒙地卡羅[27]上摸摸袋裏的法郎碰碰造化？但是中國人思想與女性，尚有其他相同之點。女人善謀自存，中國人亦然。女人實際主義，中國人亦然。女人有論人不論事的邏輯，中國人亦然。比方有一位蟲魚學教授，由女人介紹起來，不是蟲魚學教授，卻是從前我在紐約時死在印度的哈利遜上校的外甥。同樣的，中國的推事[28]頭腦中的法律，並不是一種抽象的法制，而是行之於某上校或郭軍長的未決的疑問。所以遇見法律不幸與某上校衝突時，總是法律吃虧。女人見法律與她的夫婿衝突時，也是多半叫法律吃虧。

在歐洲各國，我認為英國與中國民性相近，如信庸見，講求實際等。但英國人比中國人相信系統制度，兼且在制度上有特著的成績，如英國的銀行制度、保險制度、郵務制度，甚至香檳跑馬的制度，若愛爾蘭的大香檳，不用叫中國人去檢勘票號（count the counterfoils），就是獎金都送給他也檢不出來。至於政治社會上，英國人向來是以超逸邏輯，憑恃庸見，只求實際著名。相傳英人能在空中踏一條虹，安

㉗ 蒙地卡羅，又作蒙特卡洛，摩納哥的一個地區，有舉世聞名的賭場。
㉘ 推事，舊時法院的審判員。

然度過。譬如補綴集成的英人傑作 —— 英國的憲法，誰也不敢不佩服，誰都承認它只是捉襟見肘、顧前不顧後的補綴工作，但是實際上，它能保障英人的生命自由，並且使英人享受比法國、美國較實在的民治。我也可以順便提醒諸位，牛津大學是一種不近情理的湊集組合歷史演變下來的，但同時我們不能不承認它是世界最完善、最理想的學府之一。我們在此地，已經看出中英民性的不同，因為必有相當的制度組織，這種偉大的創設才能在幾百年中繼續演化出來。中國卻缺乏這種對制度組織的相信。我認為中國人若能從英國人學點制度的信仰與組織能力，而英人若從華人學點及時行樂的主意與賞玩山水的雅趣，雙方都可獲益不淺。

# 冬至之晨殺人記

## 導讀

本文最初發表於 1933 年 1 月 1 日《申報 · 自由談》，後收入 1934 年時代書局版《我的話》。

中國人重禮節，講人情，好面子，求人辦事往往拐彎抹角，而非直截了當。林語堂對這種現象有深入的觀察和總結：「凡讀書人初次相會，必有讀書人的身份，把做八股的工夫，或者是桐城起承轉伏的義法拿出來。」一般會繞相當大的圈子，頗顯得虛偽和造作：「（一）談寒暄，評氣候；（二）敍往事，追舊誼；（三）談時事，發感慨；（四）所要奉託之『小事』。」求人的人既然把文章做足了，被求的人當然也不好完全拒絕。但是習慣西方生活方式的林語堂，從心底認同「洋鬼子『此來為某事』直截了當開題」的談話方式。況且現代社會生活節奏加快，人們往往忙於工作，很少有閒暇來聽別人的「起承轉合」。

林語堂的冬至之晨，是相當忙碌的。《中國評論報》取稿人二十分鐘內要來取稿，作者已經應承的「小評論」稿件一直未寫好，正下定決心工作，卻來了個「起承轉合」的人。因此聽完他的「起承轉合」之後，作者一口回絕了。正所謂「上士殺人用筆端，中士殺人用語言，下士殺人用石盤」。作者不替人辦事，不異於「中士殺人」，但拜訪者「起承轉合」，消磨作者的時間和耐性，是不是也是一種「殺人」？

孔子曰，上士殺人用筆端，中士殺人用語言，下士殺人用石盤。可見殺人的方法很多。我剛會見一位客，因為他談鋒太健了，就用兩句半話把他殺死。雖然死不死由他，但殺不殺卻由我，總盡我中士之義務了。

事情是這樣的。我雖不信耶穌，卻守聖誕，即俗所謂外國冬至。幾日來因為聖誕節到，加倍鬧忙，多買不應買的什物，多與小孩打滾，而且在這節期中似乎覺得義應特別躲懶，所以《中國評論報·小評論》的稿始終未寫，取稿的人卻於二十分鐘內要來了。本來我辦事很有系統，此時卻想給它不系統一下。我想一人終年規規矩矩做事，到這節期撒一爛污[1]，也沒甚麼。就使《中國評論報》不能按期出版，中國也不致就此滅亡罷？所以我正坐在一洋鐵爐邊，夢想有壁爐觀火的快樂，暫把胸中掛慮，一齊付之夢中爐火，化歸烏有，飛上青天。只因素來安分成性，所以雖然坐着做夢，卻是時向那架打字機丟眼色。結果，我明曉大義，躲懶之心被克服了，我下決心，正在準備工作。

正在這趕稿之時，知道有文章要寫，卻不知如何下筆，忽然門外鈴響。看了片時，是個陌生客。這倒叫我為難，因為如果是熟客，我可以恭祝他聖誕一下，再請他滾蛋。不過來客情形又似乎十分重要。所以我叫聽差先告訴來人，我此刻甚忙，不過如有要事，不妨進來坐談幾分鐘。他說事情非常緊要，由是進來了。

① 撒爛污，方言，比喻苟且馬虎、不負責任。

這位先生，穿得很整齊，舉止也很風雅。其實看他聚珍版[②]仿宋的名片，也就知道他是個學界中人。他的顙[③]額很高，很像一位文人學者，但是嘴巴尖小，而且眼睛渺細，看來不甚叫人喜歡。他手裹拿着一個紙包。我已經對他不懷好意了。

於是我們開始寒暄。某君是久仰我的「大名」而且也曾拜讀過我的大作。

「淺薄得很，先生不要見笑。」我照例恭恭敬敬地回答。但是這句話剛出口，我登時就覺不妙。我得了一種感覺，我們還得互相回敬十五分鐘，大繞大彎，才有言歸正傳的希望。到底不知他有甚麼公幹。

老實説，我會客的經驗十分豐富。大概來客越知書識禮，互相回敬的寒暄語及大繞大彎的話頭越多。誰也知道，見生客是不好冒冒昧昧，像洋鬼子「此來為某事」直截了當開題的，因為這樣開題，便不風雅了。凡讀書人初次相會，必有讀書人的身份，把做八股的工夫，或者是桐城[④]起承轉伏的義法拿出來。這樣談起話來，叫做話裏有文章。文章不但應有風格，而且應有結構，大概可分為四段。不過談話

---

② 聚珍版，清代乾隆年間刻書，仿宋人活字版式，乾隆皇帝改「活字版」為「聚珍版」。聚珍版圖書印製精美，此處形容來客名片的精緻、名貴。

③ 顙（sǎng），額頭、腦門。

④ 桐城，即清代文坊影響廣泛的散文流派桐城派。桐城派寫文章講究義理、考據和辭章，代表人物有戴名世、方苞、姚鼐等。

並不像文章的做法，下筆便破題而承題；入題的話是留在最後，這四段是這樣的：（一）談寒暄，評氣候；（二）敍往事，追舊誼；（三）談時事，發感慨；（四）所要奉託之「小事」。凡讀書人，絕不肯從第四段講起，必須運用章法，有伏，有承，氣勢既壯，然後陡然收筆，於實為德便之下，兀然而止。這四段若用圖書分類法，亦可分為：（一）氣象學；（二）史學；（三）政治；（四）經濟。第一段之作用在於「坐穩」，符於來則安之之義。「尊姓」、「大名」、「久仰」、「夙違」及「今天天氣哈哈哈」屬於此段。位安而後情定，所謂定情，非定情之夕之謂，不過聯絡感情而已。所以第二段便是敍舊。也許有你的令姪與某君同過學，也許你住過南小街，而他住過無量大人胡同[⑤]，由是感情便融洽了。如果，大家都是北大中人，認識志摩[⑥]、適之[⑦]，甚至辜鴻銘[⑧]、林琴南[⑨]……那便更加親摰而話長了。感情既洽，聲勢斯壯，故接着便是談時事，發感慨。這第三段範圍甚廣，包括有：中國不亡是無天理，救國策，對於古月三王草將馬二弓

⑤ 無量大人胡同，北京胡同名，與南小街鄰近。著名戲曲大師梅蘭芳曾在此居住。

⑥ 志摩，即徐志摩（1897—1931），中國現代著名詩人、散文家。

⑦ 適之，即胡適（1891—1962），適之為其字，中國現代著名學者、詩人、歷史學家、文學家、哲學家，「新文化運動」的領袖。

⑧ 辜鴻銘（1857—1928），清末學者，學貫中西，被譽為「清末怪傑」。在新文化運動中為守舊派。

⑨ 林琴南，即林紓（1852—1924），中國近代文學家、翻譯家，翻譯了多部外國名著。琴南為其字。

長[10]諸政治領袖之品評，等等。連帶的還有追隨孫總理幾年到幾年之統計。比如你光緒三十年聽見過一次孫總理演講，而今年是民國二十九年，合計應得三十三年，這便叫做追隨總理三十三年。及感情既洽，聲勢又壯，陡然下筆之機已到，於是客飯茶起立，拿起帽子。兀突而來轉入第四段：現在有一小事奉煩。先生不是認識 ×× 大學校長嗎？可否請寫一封介紹信。總結全文。

這冬至之晨，我神經聰敏，知道又要恭聆四段法的文章了，因為某先生談吐十分風雅，舉止十分雍容，所以我有點準備，心坎裏卻在猜想他紙包裏不知有何寶貝。或是他要介紹我甚麼差事，話雖如此，我們仍舊從氣象學談起。

十二宮星宿已經算過，某先生偶然輕快地提起傅君來。傅君是北大的高材生。我明白，他在敘舊，已經在第二段。是的，這位先生確是雄才，胸中有光芒萬丈，筆鋒甚健。他完全同意，但是我的眼光總是回復射在打字機上及他的紙包。然而不知怎樣，我們的感情，果然融洽起來了。這位先生談的句句有理，句句中肯。

自第二段至第三段之轉入，是非常自然。

傅君，蜀人也。你瞧，四川不是正在有叔姪大義滅親的廝殺一場嗎，某先生說四川很不幸。他說看見我編輯的

---

⑩ 此為拆字遊戲，指當時政壇上的胡宗南、汪精衛、蔣介石、馮玉祥、張作霖。

《論語》半月刊[11]（我聽人家說看見《論語》半月刊，總是快活），知道四川民國以來共有四百七十七次的內戰。我自然無異辭，不過心裏想：「中國人的時間實在太充裕了。」評論報傭人就要來取稿了。所以也不大再願聽他的議論，領略他的章法，而很願意幫他結束第三段。我們已談了半個多鐘頭。這時我覺得叫一切四川軍閥都上吊，轉入正題，也不致出岔。

「先生今日來訪，不知有何要事？」

「不過一點小小的事。」他說，打開他的紙包。「聽說先生與某雜誌主編胡先生是戚屬，可否煩先生將此稿轉交胡先生？」

「我與胡先生並非戚屬，而且某雜誌之名，也沒聽見過。」我口不由心，狂妄地回答，言下覺得頗有「中士殺人」之。這時劇情非常緊張。因為這樣猛然一來，不但出了我自己意料之外，連這位先生也愕然。我們倆都覺得啼笑皆非，因為我們深深惋惜，這樣用半個鐘點工夫做起承轉伏，正要入題的好文章，因為我狂妄，弄得毫無收場，我的罪過真不在魏延踢倒七星燈之下了[12]。此時我們倆都覺得人生若夢！因為我知道我已白白地糟踏我最寶貴的冬至之晨，而他也感覺白白地糟踏他氣象、天文、史學、政治的學識。

⑪ 《論語》半月刊，20 世紀 30 年代林語堂在上海創辦的一本雜誌。《論語》模仿英國老牌幽默雜誌，提倡幽默和情趣。

⑫ 典出《三國演義》。諸葛亮自知壽命無幾，禳星作法增壽，卻被魏延踢倒七星燈，不久後諸葛亮去世。

# 談牛津

## 導讀

本文最初發表於 1933 年 1 月 16 日《論語》第 9 期，後收入上海生活書店 1934 年 6 月版《大荒集》。

林語堂的父親是個理想家，他想要他的兒子獲得最好的東西，甚至夢想到英國之劍橋、牛津和德國之柏林諸大學求學。林語堂從小受這種理想的激發，後來終於到美國、德國的著名大學留學。本篇所寫的牛津大學，是林語堂父親多年來所嚮往的地方，林語堂有機會參觀訪問，當然會有一種特殊的情感。

林語堂認為，牛津最大的特點在於「重傳統」，「牛津太不會迎合世界潮流了。因為它不迎合潮流，所以五百年間，相沿而下，仍舊能保全它的個性。」牛津跟中國古代書院教育相似，「注重師生朝夕的熏陶，講學的風氣」。教師的教學方法也很特別，「有一位學生説：『我們到他的房間去，他只點起煙斗，與我們攀談。』另一位學生説：『我們同他坐在一起，他只抽煙同我們看卷子。』」師生間是平等的，平等交流，平等對話。傳道授業在攀談聊天中就實現了。同時，牛津大學「還未受了一種衡量『成績』的風氣，未沾染上馳騖於看得見，可以示人的『能率』的熱狂。牛津大學整個制度，是叫賢才佔便宜，而讓凡庸愚鈍者自己去胡鬧」。這些教學特點和方法，都值得今天的大學去學習和借鑒。

## 一

你到了牛津大學，就同到了德國一個中世紀的小城一樣。有僧寺式的學院，中世紀的禮堂，古朽的頹垣，彎曲的街道，及戴方帽、穿袈裟的學士在街上走，令人恍惚如置身別一世界。我初到牛津，住在一間十五世紀的旅館，這旅館還有英國鄉下客棧的遺形，入門便是一個不方不圓鋪石子的庭院，大概就是古時停馬車之所。找到了賬房之後，茶房領我由一小小的樓梯上去，拿出一把五寸多長的鑰匙，開一間小小房間。我一窺看，不但沒一品香的汽爐，就是冷熱自來水都沒有。我覺悟了，我是身臨素所景仰懷慕、世界著名的最高學府了。於是很快樂地對茶房說：「好極，好極。」就把房間定下。晚上在朋友家用飯之後，回來獨坐房中疑神疑鬼，聽見隔壁有人咳嗽，就疑是 Addison（十八世紀英國散文大家）傷風，聽見有老人上樓的腳步，就疑是牛頓來訪。這樣吸煙出神，坐到半夜，聽見禮拜堂一百零一下的鐘聲，心上有無窮的快樂，也不知是在床上，或大椅上，就昏昏入寐了。

## 二

現代中國學生，一到牛津，總覺得有不滿意處。至少似乎許多現代人生必需的物質條件都缺乏。第一樣，找不到亮晶晶的浴房、健身房、抽水馬桶；第二樣，找不到汽水爐；第三樣，找不到圖書館卡片索引。即使偶爾有之，也不是普遍的現象。講到教授方面，尤其是使留美學生驚異的，就是課上找不到「烹飪術」、「招徠法」、「廣告心理學」等等科目。正教授的職務，規定每年演講：至少三十六次。此外有許多支薪而不做事的研究員（fellows）分庭抗禮，佔據各書院的樓房居住。比如眾魂學院（All Souls College）就全被這些支薪不做事，由大學倒貼他們讀書的先生們住滿。這班先生們高興演講時，便出一通告，演講不演講，也沒人去理他。他們雖然不許娶妻，過和尚生活，但養尊處優，無憂無掛，暑假又很長，生活真太舒適而優美了。除了看書、吸煙、寫文章以外，他們對人世是不負任何義務的。學生願意躲懶的，儘管躲懶，也可畢業；願意用功的人，也可以用功，有書可看，有學者可與朝夕磋磨，有他們所私淑的導師每星期一次向他聊天談學——這便是牛津的大學教育。大學分三十學院，何以三十，找不出理由。學院又各有它個別的風氣、傳統、歷史、制度。連院長名稱，或為 master，或為 warden，或為 principal，或為 president，都不能統一。這樣重重複複、累累贅贅把些毫不相干的學院集於一城，湊合起來，便成為世界馳名的牛津大學。

像英國人的品性、英國的憲法及一切英國的制度，牛津大學是理論上很有毛病的一種組織。所奇怪者，這種理論上很有毛病的組織，仍能使學者達到大學教育最純正的目的，仍能產生一種談吐風雅、德學兼優的讀書人。在我國看慣了充滿「學分」、「單位」、「註冊部」、「補考」、「不及格」現象的美國式大學的人，也許要認為這太玄奧難懂了。但是一回想我們古代書院的教育，注重師生朝夕的熏陶，講學的風氣，又想到書院中師生態度之閒雅，看書之自由，又其成績之遠勝現代大學教育，也就可以體悟此中的真祕罷。

## 三

李格（Stephen Leacock）[①] 為現代一位幽默大家。他曾著一篇《我所見的牛津》（Oxford as I see it）。此文曾由徐志摩譯出，不知收入哪一本志摩的文集中。我們可就此篇中精彩處，重譯幾段，不但可使讀者明瞭牛津大學教育之精神，也可證明《論語》提倡吸煙，非無理取鬧，而有很精深的學理存焉。

李格說：「據說這層神祕之關鍵在於導師之作用。學生所有的學識，是從導師學來的，或者更好說，是同他學來的；關於這點，大家無異論，但是導師的教學方法，卻有點特別。有一位學生說：『我們到他的房間去，他只點起煙斗，與我們攀談。』另一位學生說：『我們同他坐在一起，他只抽煙同我們看卷子。』從這種及各種的證據，我了悟牛津導師的工作，就是召集少數的學生，向他們冒煙。凡人這樣有系統地被人冒煙，四年之後，自然成為學者。誰不相信這句話，儘管可以到牛津去親眼領略。抽煙抽得好的人，談吐作文的風雅，絕非他種方法所可學得來的。

## 四

我曾經為文（即《談理想教育》）主張一個學生的學問

① 李格（Stephen Leacock），現通譯斯蒂芬·里柯克（1869—1944），加拿大幽默作家、經濟學家。在美國他被認為是繼馬克·吐溫之後最受歡迎的幽默作家。

好壞與註冊部毫無關係。學問怎樣壞，註冊部也無方法斷定他是不及格；學問怎樣好，註冊部也無法斷定他是學成畢業。至於心理學七十八分，英國歷史六十三分，更加是想不出甚麼意義。有人認為這是瘋狂。現在也不必去管他。但記得志摩這樣説過：他在美國 Clark 大學跟人家夾書包，上課室，聽演講，規規矩矩唸了幾年，肚子裏還是個悶葫蘆。直到了他到劍橋，同朋友吸煙談學，混一年半載，書才算讀「通」了。[②] 試問書讀「通也未」，註冊部有權過問，有方法衡量嗎？須知大學之所以非有註冊部不可，是因為大家要向大學拿文憑，大學為保全招牌信用起見，不得不將一人之心理學定為七十八分，英國歷史定為六十三分。然而六十三分七十八分為一事，讀書通不通，又是一事。結果，把一班良莠不齊的人，放在一堂，由先生指定星期四九時心理學唸到第二百八十六頁第十三行，十時法文唸到第七十六頁第八行，遲鈍者固然趕得喘氣，聰明者也只好踏步走。犧牲了高材生以就下愚，這是通常大學教育最冤枉的一件事。牛津大學態度不同，庸才求學，牛津也送他一張文憑，賢才求學，牛津也送他一張文憑（其中要「及格學位」pass degree 或是要「優等學位」honours degree 都各聽其便），不過不叫賢才去等庸才踏步走，使他有儘量發揮的機會。李格有一段精彩的話説：

② 徐志摩曾在美國克拉克大學唸銀行學，一説唸社會學。後在劍橋大學學經濟學。

我所以仰慕牛津的重要理由，就是這個地方，還未受了一種衡量「成績」的風氣，未沾染上馳騖於看得見，可以示人的「能率」的熱狂。牛津大學整個制度，是叫賢才佔便宜，而讓凡庸愚鈍者自己去胡鬧。對於愚鈍的學生，經過相當時期，牛津大學也給一個學位，這個學位的意義，不過表明他吸過牛津的空氣而未坐獄。社會對於多數的學生也只能期望如此而已。但是對於有天才的學生，牛津卻給他很好的機會。也無須踏着步等待最後的一雙跛足羊跳過籬笆，他無須等待別人，他可以隨意所之，向前發展，不受牽制。如果他有超凡的才能，他的導師對他特別注意，就向他一直冒煙，冒到他的天才出火。

## 五

我在牛津看見一位很美麗的紅衣女子。這女子據我看來是天下第一美人。也許是因為那天下午天氣太好。也許是因為我自己精神太興奮所致。也許是因為牛津的屁也香的緣故。我們的論斷都是受情感作用的。但是身居其境，確有如此感覺，雖明知主觀作用，也無可如何。

牛津向來是不收女生的。不知是不是海禁既開，受了中國的影響，聽説中國已經男女同學[3]，自覺慚愧，急起直追，所以於最近也居然許女生入學了。但是仍然沒有實行男女同

③ 1920 年，北京大學正式招收女生，是為我國公立大學招女生之始。

學的勇氣，女子另外立學院，替她們安排，夜裏到幾點，大門仍舊關起來。牛津女子學院共有四個，為甚麼四個，也找不出理由。記得一個叫做聖柔利，一個叫做瑪加列。因為我有三個女孩，所以也特別參觀一下。紅衣女郎說她們生活很好，規矩也不太嚴也不太寬，總之就是合乎英國紳士中庸之道。但是言詞之中，每每羨慕男生宿舍比她們好，機會比她們好。男生所住的是摩得倫僧院，她們只能住新式的洋房。她說劍橋的女生比她們自由，因為劍橋的女生還是自居以外，不能拿文憑，無論怎樣勤讀，劍橋總是不算她們是大學中人。因此劍橋大學也不得不讓她們自由了。我看瑪加列學院的樓舍比不上聖瑪利亞（中國），聖柔利的樓舍也比不上中西女塾（中國）。但是我仍不準備把女孩送入瑪利或中西。

## 六

我曾在一個學院（耶穌學院）吃過飯。飯廳飯桌，還是沿用中世紀僧院的形式。上頭坐着本院教員，下頭學生圍着一條長桌，坐在長條板凳上。牆壁上掛着也不知是十七世紀或十八世紀的油畫，畫中人物都是本院出色的人物。他們的眼睛下看這些學子，好像在保佑他們，同時在勉勵他們上進，無愧為耶穌學院的學生。吃飯時也許有許多傳統的規矩，譬如不許提到女人名字，是不是僧院的遺風，就無從考證了。聽說有學生席上偶然提維多利亞及伊利沙伯女王的名字，也照例受罰了。席後照例傳飲「愛之杯」，這就是中世紀僧院之遺風無疑。「愛之杯」是一大杯，盛一種薄酒，傳飲之時，也有許多規矩，犯了也要受罰。聽説古時禮節，凡舉杯飲酒之人，其在右之人必須起立。這起立是有重大意義的，是要保護飲酒之人，提防在他舉杯之際，有人從他背後砍他腦袋，其用意與西人握手，表示並無執劍，免冠（古時免盔之變相表示）表示並不敵視你之意相同。但是到底杯只有一個，大家傳飲，唾沫留在杯口是不能免的事，因為我是客，他們不叫我飲，我也甚覺快樂。

於是我又感覺牛津之衞生，也遠不如暨南、復旦。但是如果我有兒子，仍舊不準備送入復旦或暨南。

綜括以上，使我得一種感覺：英人之重傳統遠在華人之上。這也許是英國所以為偉大，也就是牛津之所以偉大緣故。牛津太不會迎合世界潮流了。因為它不迎合潮流，所以五百年間，相沿而下，仍舊能保全它的個性，在極不合理之狀態中，仍然不失其為一國最高的學府，一個思想之中心，所以「牛津學生走路宛如天地間唯我獨尊」，這種精神求之於中國，唯有康有為、辜鴻銘二人而已。革命的人革命，反革命的人反革命，大家不要投機，觀察風勢，中國自會進步起來。

# 談言論自由

## 導讀

本文為林語堂 1933 年 3 月 4 日在上海青年會的演講稿，後發表於 1933 年 3 月 16 日《論語》第 13 期，又收入上海時代書局 1934 年版《我的話》。

林語堂認為，當時中國最大的弱點，是國民漠視國事，而國民之所以漠視國事，在於「不得人權保障，法律不能衛人，所以人人不得不守口如瓶以自衛」。「人權保障」以及「民權保障」，正是本文的關鍵詞。

林語堂之所以演講這樣一個題目，是因為他當時正積極參與中國民權保障同盟的活動。中國民權保障同盟由宋慶齡等人於 1932 年 12 月 17 日發起成立，參加籌備委員會的有宋慶齡、蔡元培、楊銓（楊杏佛）、黎照寰、林語堂五人。同盟的任務主要有三：「一，為國內政治犯之釋放與非法的拘禁、酷刑及殺戮之廢除而奮鬥」；「二，予國內政治犯以法律及其他之援助。並調查監獄狀況。刊佈關於政府壓迫民權之事實，以喚起社會之公意」；「三，協助為結社集會自由、言論自由、出版自由諸民權努力之一切奮鬥。」同盟在各地成立分會，1933 年 1 月，上海分會成立，林語堂當選為九個執委之一。同盟曾開展抗議槍殺報人劉煜生、歡迎蕭伯納等活動，林語堂在這些活動中表現突出。本次在上海青年會的演講，也是林語堂積極宣傳同盟主旨的表現。1933 年 6 月 18 日，同盟重要領導人楊杏佛被槍殺，同盟停止活動。

## 一　論人與獸之不同

今天所講的講題是言論自由，所以我也想在此地自由言論。諸位也許知道，凡一人聲明要言論自由而暢所欲言時，旁人必會揑一把冷汗；假使那人果然將他心裏的感想或是對親友鄰舍的意見和盤托出，必為社會所不容。社會之存在，都是靠多少言論的虛飾、扯謊。我們所求的不過是有隨時虛飾及説老實話的自由而已。

語言向來是人的專長，鳥獸所知道的只有飢啼痛吼等表示本能需要的號呼而已。如馬鳴、牛嘶、虎嘯都不出於這本能需要的範圍。所以老虎吃人，只會狂吼，卻不會説：「我吃你，是因為你危害民國。」這是人與獸之不同。何芸樵[①]主席反對現代小學課本「鵝姐姐説，狗弟弟説」這種文字，鄙人十分同情。《伊索寓言》一書，專門替鳥獸造謠，謗譭獸類與人類一樣的奸詐。假定鳥獸能讀這種故事，牠們也不會懂得。比方狐狸看見樹上葡萄吃不着，只有走開，絕不會無聊地罵酸葡萄。唯有人類才有這樣的聰明。因為鳥獸沒有語言，所以也沒有名，遂也沒有正名哲學。因此，假定狐狸要強迫農民種鴉片，也不必會「正」勒種鴉片捐之「名」為「懶捐」。如果會，這狐狸便不老實了。

## 二　論喊痛的自由

我們須知人類雖有其語言，卻比禽獸不自由得多。蕭

① 何芸樵，即何鍵（1887—1956），字芸樵，國民黨陸軍上將。曾任國民黨中央委員會執行委員、湖南省政府主席等職。

伯納[2]過滬時說，唯一有價值的自由，是受壓迫者喊痛之自由，及改造壓迫環境之自由。我們所需要的，正是喊痛的自由，並非說話的自由。人類所說的話真不少，卻很少能喊痛。因為人的語言已經過於纖巧曲折，所以少能直截了當表示我們本能的需要。這也是人與獸的一點不同。譬如貓叫春是非常自由，而很有魄力的。中國的百姓卻不然。他痛時只會回家咒罵，而且怕人家聽見。

有人以為做人只需說話，毋需喊痛。鄙意不然。又有人以為民生比民權重要，現在中國內地的百姓已經活不了，還談甚麼民權，其實不然，活不了時也得喊一聲，才有鳥獸的身份，否則只有死之一路。這種喊痛的自由才是與我們的生活有關係的，比甚麼哲學理論都好。從前于右任[3]先生等黨國先進所辦的《民籲》、《民呼》報，意思就是為民喊痛，不過民籲民呼，總是悲痛不雅之音，不會悅耳，所以做官的人所願聽的不是民籲民呼，而是民讚民頌。

## 三　言論係討厭的東西

中國向有名言道：「病從口入，禍從口出。」又謂「知人祕事者不祥」。又謂「防民之口甚於防川」。由此可以推知，言論是討厭的東西，豈容你自由？所以好言人是非者，

---

② 蕭伯納（1856—1950），英國傑出的現實主義劇作家，曾獲諾貝爾文學獎。

③ 于右任（1879—1964），中國近代著名政治家、教育家、書法家，中國近現代高等教育奠基人之一，曾創辦復旦大學、上海大學等多所高校。

人家必罵為：「狗嘴吐不出象牙。」只有稱讚頌揚人的，人人喜歡，奉為象。政府所喜歡的，也是守口如瓶的順民，並非好喊痛的百姓。假若此刻有情報人員在座，必認為林某人討厭，而認守口如瓶之諸位是比我好的國民。不過天生有口，就是要發言論。若大家守口如瓶，結果必變成一個悶葫蘆。

我們須知，言論自由是舶來思想，非真正國產。因為言論自由與守口如瓶、莫談國事的寶訓是不兩立的。在中國的經書中及傳說中，個人找不到言論自由說。唯有一條，稍微准許言論自由。這就是一句我國格言，叫做「笑罵由他笑罵，好官我自為之」。不過這與言論自由說稍微不同。因為罵不痛時，你可儘管笑罵；罵得痛時，「好官」會把你槍斃。

## 四　民之自由與官之自由

因為言論是討厭的東西，所以自己要說話而防別人說話，是人的天性。結果在德謨克拉西[④]未實現的國，誰的巴掌大，誰便有言論自由，可把別人封嘴。所以中國說話自由的，只有官，因為中國的官巴掌比民的巴掌大。如「敬告中國民眾」，提倡孔孟班禪[⑤]，做國歌、發通電都是官說話的自由。我們願意聽也得聽，不願意聽也得聽。然而我們現在提倡的，是在法律範圍以內，官民都有同等的自由，這就討厭了。我們須明白，百姓自由，官便不自由；官自由，百姓便

④　德謨克拉西，希臘語 demos 的音譯，意為人民、民主。

⑤　班禪，藏傳佛教格魯派中，阿彌陀佛的化身。

不自由。百姓言論可以自由，官僚便不能自由封閉報館；百姓生命可以自由，官僚便不能自由逮捕、扣留人民。所以民的自由與官的自由成正面的衝突。民權保障同盟提倡民權必為官僚所討厭，而且民權保障愈認真，討厭之程度愈大，這是大家必須徹底了悟的。諸位須徹底覺悟，愛自由是人類的通性，官民一律。假定我是官，我也必愛任意殺頭的自由。從前吾鄉張毅師長頭痛或不樂時，就開一條子，由監獄中隨便提出一二犯人槍斃，醫他的頭痛，這是多麼痛快的事。現在張毅已死了，所以我報告此事，十分安全。

## 五　論魏忠賢[⑥]所以勝利

話雖如此，百姓未免太苦了。所以我們必求民權保障。中國自來也有耿直敢言的書生，如東漢之清議[⑦]及明末的東林黨人。但是因為沒有法律保障，所以不久便失敗。東林黨[⑧]人雖然聯名疏劾魏忠賢，魏忠賢只需在皇帝面前一哭，便可把東林黨人罷免處置。中國的精神文明也只到此田地而已。忠直之士到底死於宦官之手，東漢如此，明末也如

---

⑥ 魏忠賢（1568—1627），明末權宦，曾封「九千歲」，驕橫不可一世。崇禎皇帝即位後被處罰，自縊而死。

⑦ 清議，東漢末年，士大夫階層出現了一種品評人物的風氣，可以影響士大夫的仕途。當時政治腐敗，故稱「清議」。很多太學生和士大夫參與進來，因反對宦官，造成黨錮之禍。對東漢末年的政治局勢造成了影響。

⑧ 東林黨，明代末年以江南士大夫為主的政治集團。他們聚眾講學，抨擊時政，與閹黨鬥爭。對晚明的政治局勢具有較大的影響。

此，明末就有人比東林黨人為宋朝一百零八淮南盜賊。黨人倒後，便有宦官黨崔呈秀等起而代之，時人稱為「五虎五彪十狗十孩兒四十孫兒」[⑨]。然而，黨人終於滅亡，而虎、彪、狗、孝子順孫終於勝利了。因為中國向來沒有人權的保障。

我們須知筆端口舌雖然一樣可以殺人（口誅筆伐），總沒有槍刺厲害。在筆端與槍刺交鋒之時，定然槍刺勝利，而筆端受宰割。所謂人權保障，言論自由，就是叫筆端舌端可以不受槍端的干涉，也就是文武之鬥爭。論理文人應該聯合戰線，要求筆鋒舌鋒自由的保障。然而事實上文人未必全能擁護言論自由，因為文人已經投降武人的麾下，自己站在槍桿後面，對照的是槍頭，並不是槍口，所以也不覺得爭言論自由重要了。這是歷史上屢見不鮮的事實。

## 六　論商女所以必唱《後庭花》[⑩]的理由

中國今日之最大弱點，誰也知道是國民漠視國事，如一盤散沙。須知這各人自掃門前雪的態度，並非國民的天性，乃因不得人權保障，法律不能衛人，所以人人不得不守口如瓶以自衛。中國青年誰沒有一腔熱血，注意政治時局？但是到了二十五、三十年紀，人人學乖了，就少發議論，少發感慨。四十者比三十者更乖。所以如此者，是從經驗得來，並



⑨ 「五虎五彪十狗十孩兒四十孫兒」皆為魏忠賢的黨羽。崔呈秀為「五虎」之一。

⑩ 典出唐代詩人杜牧《泊秦淮》：「商女不知亡國恨，隔江猶唱後庭花。」《後庭花》，又名《玉樹後庭花》，南朝陳後主所作，被稱為亡國之音。

非其固有的本性。假定今日有人權保障，國民必另有一番氣象。以歷史為證，東漢太學生也都關心國事，尚氣節，遇事直言，到了黨錮的摧殘，而直言之士殺戮幾百、剷家滅族之後，風氣便大不同。由是而有魏晉清談之風，讀書人談不得國事，只好走入樂天主義，以放肆狂悖相效尤。有的佯狂，有的飲酒，如阮籍[11]飲酒二斗，吐血三升，天下稱賢。所謂賢，就是聰明，因為能在不許談國事之時談私事，縱慾以求人生之快。這是人樂被剝奪時，社會必有的反應，古今同然。今日跳舞場生意之旺盛，就是人民被壓迫，相戒莫談國事，走入樂天主義的合理的現象。商女雖然也知亡國恨，但是既然不許開抗日會，總也有時感覺須唱唱《後庭花》解悶的需要。

---

⑪ 阮籍（210—263），三國魏詩人，「竹林七賢」之一，性嗜飲酒，佯狂避禍。

# 讀書的藝術

## 導讀

本文原為作者 1933 年 10 月 26 日、11 月 4 日在上海聖約翰大學和光華大學的演講稿，後收入上海生活書店 1934 年 6 月版《大荒集》。

學生究竟該如何讀書，這是很多文人都比較關心的問題。如清末民初學術大師梁啟超主張趣味主義，「不問德不德，只問趣不趣」，「學問的本質能夠以趣味始以趣味終，最合於我的趣味主義條件，所以提倡學問」。梁實秋則反對這樣的讀書方法，他在《學問與趣味》中提到：「在初學的階段，由小學到大學，我們與其倡言趣味，不如偏重紀律。一個合理編列的課程表，猶如一個營養均衡的食譜，裏面各個項目都是有益而必需的，不可偏廢，不可再有選擇。」林語堂則反對紀律，批評將學生限制在教室裏聽課的現代學校制度，諷刺評判學生優劣方式的「斤兩制」考試，建議將學費都買了書，集中起來讓學生自由閱讀。

林語堂這一方式比較激進，當然不能被教育當局接受，但他自己在教學實踐中的確對「斤兩制」的考試方式做出過改革嘗試。1930 年前後，林語堂在上海東吳大學法學院擔任預科二年級英文教師，據學生薛光前回憶，他「上課從不點名，悉聽學生自由」，「不舉行任何具有形式的考試」，「從不用呆板或填鴨式的方式，叫學生死讀死背」。這樣的教學方法跟一板一眼的現代教育方法有所區別，但效果卻非常好。

余積二十年讀書治學的經驗，深知大半的學生對於讀書一事，已經走入錯路，失了讀書的本意。讀書本來是至樂的事，正如杜威[①]說，讀書是一種探險，如探新大陸，如征新土壤；法郎士[②]也説過，讀書是「靈魂的壯遊」，隨時可發見名山巨川、古跡名勝、深林幽谷、奇花異卉。到了現在，讀書已變成僅求倖免扣分數、留班級的一種苦役而已。而且讀書本來是個人自由的事，與任何人不相干。現在你們讀書，已經不是你們的私事，而處處要受一些不相干的人干涉，如註冊組及你們的父母兄長之類。有人手裏拿一本書，心裏想我將何以贍養父母，俯給妻子，這實在是一樁罪過。試想你們看《紅樓》、《水滸》、《三國志》、《鏡花緣》，是否你們一己的私事，何嘗受人的干涉，何嘗想到何以贍養父母、俯給妻子的問題？但是學問之事，是與看《紅樓》、《水滸》相同，完全是個人享樂的一件事。你們若不能用看《紅樓》、《水滸》的方法去看哲學史、經濟學，你們就是不懂得讀書之樂，不配讀書，而終讀不成書。你們能真用看《紅樓》、《水滸》的方法去看哲學、史學、科學的書，讀書才能「成名」；若徒以課堂的方法讀書，你們最多成了一個「學士」、「博士」，成了吳稚暉[③]先生所謂「洋紳士」、「洋八股」。

---

① 杜威（1859—1952），美國著名教育思想家、實用主義哲學家。

② 法郎士（1844—1924），法國作家、文學評論家、社會活動家。

③ 吳稚暉（1865—1953），中國近代資產階級思想家、政治家、教育家、書法家。

我認為最理想的讀書方法，最懂得讀書之樂者，莫如中國第一女詩人李清照[④]及其夫趙明誠[⑤]。我們想像到他們夫婦典當衣服，買碑文、水果，回來夫妻相對展玩咀嚼的情景，真使我們羨慕不已。你想他們兩人一面吃水果，一面賞碑帖，或者一面品佳茗[⑥]，一面校經籍，這是如何的雅致，如何得了讀書的真味。易安居士於《〈金石錄〉後序》自敍他們夫婦的讀書生活，有一段極逼真極活躍的寫照。她說：「余性偶強記，每飯罷，坐歸來堂烹茶，指堆積書史，言某事在某書某卷第幾頁第幾行，以中否角勝負，為飲茶先後。中即舉杯大笑，至茶傾覆懷中，反不得飲而起，甘心老是鄉矣！故雖處憂患閒窮，而志不屈……收藏既富，於是几案羅列，枕席狼藉，意會心謀，目往神授，樂在聲色狗馬之上……」你們能用李清照讀書的方法來讀書，能感到李清照讀書的快樂，你們大概也就可以讀書成名，可以感覺讀書一事，比巴黎跳舞場的「聲色」，逸園的賽「狗」，江灣的賽「馬」有趣。不然，還是看逸園賽狗、江灣賽馬比讀書開心。

甚麼才叫做真正讀書呢？這個問題很簡單。一句話說，興味到時，拿起書本來就讀，這才叫做真正的讀書，這才不失讀書之本意。這就是李清照的讀書法。你們讀書時，須放

④ 李清照（1084—1155），宋代女詞人，婉約派代表。號易安居士。

⑤ 趙明誠（1081—1129），宋代著名金石學家、文物收藏鑒賞大家及古文字研究家。著有《金石錄》，李清照為其作後序。

⑥ 茗，茶。

開心胸，仰視浮雲，無酒且過，有煙更佳。現在課堂上讀書連頭頸也不許你轉動，這還能算為讀書的正軌嗎？或在暮春之夕，與你們的愛人，攜手同行，共到野外讀離騷、經[⑦]，或在風雪之夜，靠爐圍坐，佳茗一壺，淡巴菰[⑧]一盒，哲學、經濟、詩文、史籍十數本狼藉橫陳於沙發之上，然後隨意所之，取而讀之，這才得了讀書的興味；現在你們手裏拿一本書，心裏計算及格不及格，升級不升級，註冊組對你的態度如何，如何靠這本書騙一隻較好的飯碗，娶一位較漂亮的老婆——這還能算為讀書，還配稱為「讀書種子」嗎？還不是淪為「讀書謬種」嗎？

有人說，如林先生這樣讀書方法，簡單固然簡單，但是讀不懂如何，而且不知成效如何？須知世上絕無看不懂的書，有之便是作者文筆艱澀，字句不通，不然便是讀者的程度不合，見識未到。各人如能就興味與程度相近的書選讀，未有不可無師自通；或者偶有疑難，未能遽然了解，涉獵既久，自可融會貫通。試問諸位少時看《紅樓》、《水滸》，何嘗有人教，何嘗翻字典？你們的姪兒少輩現在看《紅樓》、《兩廂》，又何嘗須要你們去教？許多人今日中文很好，都是由看小說、《史記》得來的，而且都是背着師長，偷偷摸摸硬看下去，那些書中不懂的字，不懂的句，看慣了就自然明白。學問的書也是一樣，常看下去，自然會明白。遇有專

⑦ 離騷、經，指中國文學經典中的《離騷》和《詩經》。

⑧ 淡巴菰，西班牙語 tabaco 的音譯，即煙草、香煙。

門名詞，翻查詞典，一次不懂，二次不懂，三次就懂了。只怕諸位不得讀書之樂，沒有耐心看下去。

所以我的假定是學生會看書，肯看書，現在教育制度是假定學生不會看書，不肯看書。說學生書看不懂，在小學時可以說，在中學還可以說，但是在聰明學生，已經是一種誣衊了。至於已進大學還要說書看不懂，這真有點不好意思吧！大約一人的臉面要緊，年紀一大，即使不能自己餵飯，也得兩手拿一隻飯碗硬塞到口裏去，似乎不便把你們的奶媽乾娘一齊都帶到學校來給你們餵飯，又不便把大學教授看做你們的奶媽乾娘。

至於「成效」，我的方法可以包管比現在大學的方法強。現在大學教育的成效如何，大家是很明瞭的。一人從六歲一直讀到二十六歲大學畢業，通共讀過幾本書？老實說，有限得很。普通大約總不會超過四五十本以上。這還不是跟以前的秀才舉人相等？從前有一位中了舉人，還沒聽見過《公羊傳》[9]的書名，傳為笑話。現在大學畢業生就有許多近代名著未曾聽過名字，即中國幾種重要叢書也未曾見過。這是學堂的不是，假定你們不會看書，不要看書，因此也不讓你們有自由看書的機會。一天到晚，總是搖鈴上課，搖鈴吃飯，搖鈴運動，搖鈴睡覺。你想一人的精神是有限的，從八點上課一直到下午四五點，還要運動、拍球，哪裏還有閒工夫自由看書呢？而且凡是搖鈴，都是討厭，即使搖鈴遊戲，

⑨ 《公羊傳》，春秋三傳之一，儒家經典，古代科舉考試的基礎科目。

我們也有不願意之時，何況是搖鈴上課？因為學堂假定你定不會讀書，不肯讀書，所以把你們關在課堂，請你們靜坐，用「注射」、「灌輸」的形式，由教員將知識注射入你們的腦殼裏。無如常人頭顱都是不透水的，所以知識注射普遍不大成功。但是比如依我方法，假定你們是會看書、要看書，由被動式改為自動式的，給你們充分自由看書的機會，這個成效如何呢？間嘗計算一下，假定上海光華、大夏[10]或任何大學有一千名學生，每人每期交學費一百元，這一千名學費已經合共有十萬元。將此十萬元拿去買書，由學校預備一間空屋置備書籍，扣了五千元做辦公費（再多便是罪過），把這九萬五千元的書籍放在那間空屋，由你們隨便胡鬧去翻看，年底拈鬮分配，各人拿回去九十五元的書，只要所用的工夫與你們上課的時間相等，一年之中，你們學問的進步，必非一年上課的成績所可比。現在這十萬元用到哪裏去？大概一成買書，而九成去養教授及教授的妻子、教授的奶媽，奶媽又拿去買奶媽的馬桶，這還可以說是把你們的「讀書」看做一件正經的事嗎？

假定你們進了這十萬元書籍的圖書館，依我的方法，隨興所之去看書，成效如何呢？有人要疑心，沒有教員的指導，必定是不得要領，亂雜無章，涉獵不精，不求甚解。這自然是一種極端的假定，但是成績還是比現在大學教育好。

⑩ 光華、大夏，皆為當時上海的大學。1951 年兩校合併後成為華東師範大學。

關於指導，自可編成指導書及種種書目。如此讀了兩年可以抵過在大學上課四年。第一樣，我們須知道讀書的方法，一方面要幾種精讀，一方面也要儘量涉獵翻覽。兩年之中能大概把二十萬元的書籍，隨意翻覽，知其書名、作者、內容大概，也就不愧為一讀書人了。第二樣，我們要明白，學問的事，絕不是如此呆板。讀書必求深入，而欲求深入，非由興趣相近者入手不可。學問是每每互相關聯的，一人找到一種有趣味的書，必定由一問題而引起其他問題，由看一本書而不能不去找關係的十幾種書，如此循序漸進，自然可以升堂入室，研磨既久，門徑門熟；或是發見問題，發明新義，更可觸類旁通，廣求博引，以證己説，如此一步一步地深入，自可成名。這是自動的讀書方法。較之現在上課聽講被動的方法，如東風過耳，這裏聽一點，那裏聽一點，結果不得其門而入，一無所獲，強似多多了。第三，我們要明白，大學教育的宗旨，對於畢業生的期望，不過要他博覽羣書而已（Be a well-read man），並不是如課程中所規定，一定非邏輯八十分，心理七十五分不可，也不是説心理看了一百八十三頁講義，邏輯看了二百零三頁講義，便算完事，這種的讀書，便是犯了孔子所謂「今汝畫[11]」的毛病。所謂博覽羣書，無從定義，最多不過説某人「書看得不少」，某人「差一點」而已，哪裏去定甚麼限制？説某人「學問不

⑪ 典出《論語．雍也》，意即學習途中畫地為牢，把自己囚禁起來，比喻根本沒有真正學會知識。

錯」，也不過這麼一句話而已，哪裏可以說某書一定非讀不可，某種科目是「必修科目」？一人在兩年中泛覽這二十萬元的書籍，大概他對於學問的內容途徑，甚麼名著、傑作、版本、箋註，總多少有一點把握了。

現在的大學教育方法如何呢？你們讀書是極端不自由，極端不負責，你們的學問不但有部定標準，簡直可以稱斤兩的。這「斤兩制」，就是學校的所謂「七十八分」、「八十六分」之類，及所謂多少「單位」(學分)。試問學問之事，何得稱量斤兩？所謂世界史七十八分，邏輯八十六分，如何解釋？一人的邏輯，怎麼叫做八十六分？若謂世界上關於世界史的知識你們百分已知道了七十八分，豈有那樣容易的事？但依現行制度，每週三小時的科目算三單位，每週二小時的科目算二單位，這樣由一方塊一方塊的單位，慢慢堆疊而來，疊成多少立方尺的學問，於是乎某人「畢業」，某人是「學士」了。你想這笑話不笑話？須知我們何以有此大學制？是因為各人要拿文憑，因為要拿文憑，故不得不由部定標準，評衡一下，就不得不讓教務處來把你們「稱一稱」。你們如果不要文憑，便無被稱之必要。但是你們為甚麼要文憑呢？說來話長。有人因為要行孝道，拿了父母的錢，心裏難過，於是下定決心，要規規矩矩安心定志讀幾年書，才不辜負父母一番好意及期望。這是不對的，與遵父母之命媒妁之言戀愛女子一樣地違背道德。這是你們私人讀書享樂的事，橫被家庭義務的干涉，是想把真理學問獻給你們的父親母親做敬禮。只因真理學問，似太渺茫，所以還是拿一張文憑具體一點為是。有人因為想要得文憑學位，每月可以多得幾十塊錢，使你們的親卿愛卿寧馨兒舒服一點。社會對你們的父母說：你們兒子中學畢業讀了三十本書，我可給他每月四五十元，如果再下二千元本錢再讀了三十本書，大學畢業，我可給他每月八九十元。你們的父母算盤一打，說「好」，於是議成，而送你們進大學，於是你們被稱，拿文憑，果然每月八九十元到手，成交易。這還不是你們被出賣嗎？與讀書之本旨何關？與我所說讀書之樂又何關？但是你們不能怪學校給你們稱斤兩，因為你們要向它拿文憑，學堂為保持招牌信用起見，不能不如此。且必如此，然後公平交易，童叟無欺。處於今日大規模製造法（Mass Production）之時期，不能不劃定商貨之品類（Standardization of Products）。學問既然成為公然交易的商品，學士、碩士、博士，既為大規模製造品之一，自然也不能不「劃定」一下。其實這種以學問為交易之事，自古已然。如子張學干祿⑫；子曰：「三年學，不至於穀，未易得也。」⑬關於往時「生員⑭」在社會所作的孽，可參觀《亭林文集》⑮《生員論》上中下三篇。

到了這個地步，讀書與入學，完全是兩件事了，去原

⑫ 子張，孔子的弟子。干祿，謀求仕祿，即做官。

⑬ 此句典出《論語・泰伯》，意為孔子感慨說，學習了三年，不是為了俸祿，太難得了。穀，俸祿。意即說很多人學習的目的不是追求學問本身，而是為了當官。

⑭ 生員，明清時期指經各級考試進入府、州、縣學讀書的學生。

⑮ 《亭林文集》，明末清初思想家、文學家顧炎武（1613—1682）的文集。顧炎武號亭林。

意遠矣。我所希望者，是諸位早日覺悟，在明知被賣之下，仍舊不忘其本，不背讀書之本意，不失讀書之快樂，不昧於真正讀書的意義。並希望諸位趁火打劫，雖然被賣，錢也要拿，書也要讀，如此就兩得其便了。

# 我怎樣買牙刷

## 導讀

本文最初發表於 1933 年 12 月 1 日《論語》第 30 期。廣告是現代社會最常見的一種推銷方式，它無孔不入，無時無刻不在我們的眼前。正如著名作家梁實秋在《廣告》一文中所說：「早起打開報紙，觸目煩心的是廣告，廣告；出去散步映入眼簾的又是廣告，廣告；午後綠衣人來投送的也多是廣告，廣告；晚上打開電視仍然少不了廣告，廣告。」廣告有方便生活的一面，根據廣告，我們可以很方便地買到你需要的用品。但是，隨着商業競爭的日益激烈，廣告的虛假性和欺騙性越來越突出。

文章寫了五花八門、各式各樣的廣告給作者的日常生活造成的混亂、困擾，甚至恐慌和擔憂。人人都想買最科學、最文明、最衞生的牙刷，但那些廣告中聲稱最昂貴、最有效的都是根本沒有用處的；有着特殊弧度、聲稱最符合牙齒構造的卻是公說公有理、婆説婆有理……「盡信書不如無書」，要是完全相信花哨而煞有介事的廣告，牙刷簡直不能買了……

除了寫買牙刷的悲劇，作者買牙膏的周折和反覆「真如同一部一百二十四回小説」，不同品牌間各執一詞，甚至互相攻訐，讓人眼花繚亂；那些警告、恐嚇式的廣告又讓作者不知所措。最讓人崩潰和幻滅的是，作者從牙科醫生那裏猛然得知，牙膏其實沒有絲毫用處，洗淨牙齒的不過水和牙刷。這一結論真是讓作者既釋然又無奈呀。一言以蔽之，都是廣告惹的禍！

按：這是一篇極堪注意的社會速寫，敘述了一九三三年，一位受過相當教育兼有中等階級良心的人，在現在社會制度之下怎樣買牙刷的經驗。我想這篇，應該列入為 Edward Bellamy 名著《二〇〇〇年之回顧》[①] 的一章。（是書已有人譯出，在《生活週刊》陸續登過。）我們後代子孫恐怕不容易明白怎樣，他們的半開化的祖上在一九三〇年之會能夠容許這種可笑的制度存在，而泰然自詡為文明。也許在廣告術未甚發達的我國，有許多人未上過我所上的當，但在國外，此種經驗是中等階級所同有，而不定是普通中等階級所能覺悟的。但是我想，雖在我國，這種苦痛不久總會來的，因為廣告術已經逐漸發達了。

也許我應先敘述我何以有買牙刷的問題發生。幼時，不管有無牙刷，我是很快樂的。也記不清我幼時到底用過牙刷沒有。這種問題，於幼童的世界是不算一回事，而且於西歐常在床上早餐的貴族階級也是不算一回事；只有在知書識字一知半解的中等階級（無論何國），卻常常發生而很普遍。閒話休提，不管我幼時有沒有用過牙刷，我總是一直長大康健起來。我那時還不曾見過有刷毛不齊作犬牙狀而未加一簇長毛的「預防」牌（Prophylactic）衛生文明牙刷，所以不曾上當，而心中也未嘗有過絲毫的焦慮。如今才曉悟現代廣

① Edward Bellamy，現通譯愛德華·貝拉米（1850—1898），美國記者、社會主義者。《二〇〇〇年之回顧》是一部烏托邦小説，寫於 1888 年，虛構了一個波斯尼亞青年沉睡了 113 年之後在 2000 年醒來，發現美國的資本主義制度已經由社會主義制度代替的故事。

告的欺騙我輩讀書人，真要令人思之慨然，欲起而作一種社會革命了。

我得先聲明本篇的主旨，並不是叫人不可買牙刷，只是說任何人應當可以用一角錢一支的牙刷刷淨他的牙齒，假定他用充量的水。這一點事都做不來，還能算是個男子嗎？Sinclair Lewis 在他的傑作 Arrowsmith ② 中，挖苦紐約某座基金極充足、設備極富麗的醫學研究所（McGurk Institute），說凡是真正科學家，都可以把自己屋頂的小房充當研究所；你給他幾根牙籤幾個玻璃管，他便可以研究發明起來。假定這句話不錯（凡真正科學家都心中明白所言是實），那末 ③ 紐約醫學研究所的潔白磁盆及光亮奪目的儀器的用處，不過是使捐助基金的人自己得意，及使幾個不會發明不會創造的研究員自己解嘲吧？James Watt ④ 發明蒸汽機，先只靠一隻茶壺。愛迪生少時發明就在一間後院的茅屋；Mrs. Stowe ⑤ 寫她的傑作 Uncle Tom's Cabin 是用包裹

② Sinclair Lewis，現通譯辛克萊·路易士（1885—1951），美國著名作家，曾獲得諾貝爾文學獎。《阿羅史密斯》（即 Arrowsmith）曾獲普利茲文學獎。

③ 那末，同「那麼」。

④ James Watt，現通譯詹姆斯·瓦特（1736—1819），英國著名發明家，改良了蒸汽機，標誌着工業革命的開始。

⑤ Mrs. Stowe，現通譯斯托夫人（1811—1896），著有《湯姆叔叔的小屋》（Uncle Tom's Cabin）。

黃紙做稿紙；Franz Schubert[6] 做他的 Hark Hark the Lark 歌曲也是寫在信封後面。是的，偉大的發明不會由基金充足、設備富麗的 McGurk Institute 出來的。事實上，我的牙醫朋友已經偷偷地告訴我，據他的專門經驗而言，許多非買 Prophylactic 牙刷不可的有錢太太，根本就不懂得這牙刷的用法。這些有錢的太太們，正像李格（Stephen Leacock）所嘲謔的西方銀行家，出門避暑，想到釣魚，必另買一雙涉水的高皮靴，另做一件不怕風雨的大衣，買到一根值十幾元錢的、掛有轉輪的、科學式的魚竿去釣魚去。但是李格氏問，這些銀行家會釣上魚嗎？真正的漁人，你只消給他一根竹竿，一條懸鈎，他總會釣得魚出來給你看。刷牙的道理也無過如此。

但是這些平常道理，是我經過三年苦心研究最適宜科學、最衛生、最文明的牙刷的經驗，才研究出來。上邊已經說過，我幼時是很快樂自在的。我並不要用牙刷，也不管牙刷上面之彎形角度是否與我的齒沿的圓弧相合。直到在某校時候，認識一位校醫，才失了我天真的快樂。（這位校醫不久以前已經自殺。）他竟然告訴我：世上有這種毛病叫做齒齦膿腫，�穴潰爛，文生博士病（Vincent's disease）等。像一切中等階級，我一面增加知識，一面恐慌起來。他說世上毛病，什九[7] 是由牙齒不潔來的。而且祕穴所生之毒質，

⑥ Franz Schubert，現通譯法蘭茲·舒伯特（1797—1828），奧地利偉大的音樂家，被認為是古典主義音樂的最後一名巨匠。

⑦ 什九，十分之九。

如不及早覺察醫治，簡直可以傳入腦部，令人發狂 —— 我簡直可以進瘋人院。從此以後，我便不復知平安快樂日子了，而從此我便開始研究最適宜、最科學、最文明、最衞生的牙刷了。荏苒於今，已歷三載，到了今日，才一無所得，空手回來。

不讀書的人，總以為牙刷只是一根刷子，而要使用方便功效起見，刷毛應該是整齊的，與毛刷、衣刷、靴刷相同，正如一隻椅子，總應該是四足齊平才合理，但是我生性有科學的好奇心，很注意有甚麼新奇花樣。因為我正在尋求甚麼新奇的牙刷，看見「預防」牌的刷毛不齊，呈犬牙狀，末端又有高起的一簇刷毛，遂引起我的注意，猶如我現在看見一隻三足短一足長的凳子，也會特別注意。我看見説明書，説這刷毛毛面呈向內彎的形狀，與我齒沿向外彎的弧形相合，覺得很有道理，遂即刻決定「這是我最合理、最科學的牙刷了」。那時我選定的，是一根刷柄向內彎三十度的牙刷。過後也曾買過一支刷柄向外彎三十度的牙刷，而並沒遇見甚麼不測風雲。於是使我猜疑：也許不向外亦不向內彎的直的刷柄才是最合理化的牙刷吧？

但是事實上，在兩年中，我是「預防」牌的信徒，輕易不改我的主張，雖然我已覺察，只有末端高出的一簇毛是用得着的，因為他部的毛萬不會與牙齒接觸。恰巧有一天，我的叔父死了，遺留三百元給我浪費。我就想到牙刷問題。我跑進一間藥房，由腰包裹掏出一張五元鈔票，擲在櫃上，叫夥計將市上最高貴的牙刷給我。夥計拿來的是「韋思脱大醫生」的牙刷（Dr. West's），價錢一元三角。不看猶可，一看我就恐慌起來。難道我兩年來專受廣告的欺弄嗎？因為我發見這最文明、最科學的牙刷刷毛的面是向外凸出，而不是向內凹進的弧形，正與我所相信的老牌相反；我發見這科學最近發明的成績，末端並沒有一簇高出的毛，反是兩端毛短，中間毛長；說明書又告訴我：韋思脫博士經過多年的試驗，得到一個結論，說只有向外彎的牙刷才能與齒沿的內部的弧形相合。這有點像聽見牛頓與愛因斯坦各持異論，不免疑心有一人是錯的。我帶回這韋斯脫博士試驗的結論回來，一刷，發見不但齒齦的內沿刷得到，就是齒齦的外沿也一樣地刷得到。我始恍然大悟。一跑出去，到最近的雜貨鋪用二十五個銅子買一支廣東製造的平面直柄牙刷。回來之後用起來，感覺有刷毛整齊的牙刷刷過齒上的一種三年來所未有的快樂。這就是我從小長大健康快樂時所用的牙刷。

假如我買文明牙刷的這段歷史像一幕悲劇，那末我尋求文明牙膏的經驗，真如同一部一百二十四回小說。那些各牌牙膏、牙粉、牙水互相攻訐的廣告，讀了真令人眼花繚亂。簡單地敘述起來，各種牙膏、牙粉、牙水我先後都已用過。我的經驗包括 Dr. Lyon's Powder，Sozodont，Squinb's Dental Magaeria，Pepsodent，Chlorodont，Kolynos，Colgate，Listerine，Euthymol，Ipana 各牌，（家家說「唯我此家」貨色是不害牙齒的。）我覺得用起來，無論哪一家都是一樣，都不能傷損我生成潔白無疵的牙齒。我看見過化學室化驗的證書，說某種牙膏於幾秒鐘能殺死幾百萬微菌（後來有醫生告訴我，此家消毒水殺菌力不及鹽水）；有某家廣告警告我「當心粉紅的牙刷」，說是用錯牙膏，齒齦膿潰的先兆（其實刷時用力，齒齦微出血，是當然的事）；有的廣告警告我，市上牙膏什九是完全無用的。我曾經因為見到有家廣告說不可用牙粉，會傷牙齒，起了恐慌，置而不用，後來又看見 Dr. Lyon's 的廣告，說非牙粉刷不乾淨（「要學習牙科醫生給你刷牙時的榜樣 —— 用牙粉」），乃又起恐慌，又起而用之。我曾經受 Jambert 醫藥公司的誘惑，說用「利思特靈」（Listerine）的牙膏一年中省下來的錢可以購買以下任何物品之一種：「七磅牛排、八磅火腿、八磅小羊排、兩隻雞、十二條咖啡捲、十瓶果漿、二十包麪粉、三十罐頭空心粉……」然而用了一年之後，並不見得我的太太贈我這些禮物。

幸而不久我見出破綻了。有一回 Colgate，大約是良心責備，十分厭倦這些欺人的廣告，出來登一特別廣告，問人家：「你因看見廣告而受恐慌嗎？」並說一句老實話：「牙膏的唯一作用只是洗淨你的牙而已。」我想上天的意思也委實如此而已。這是初次的醒悟。第二次的醒悟，是看見 Pepsodent 的廣告，更加良心發現，更顯明地厭倦那些欺人的廣告，公然說：「使你的牙齒健全的，並不是牙膏 —— 是菠菜啊！」我真氣炸了肺，一直跑去問一位牙科的朋友，請教他：「到底牙膏有甚麼用處？」他只笑而不說。我知道他的心裏在說：「你可憐的中等階級啊！」我要求一個明白答覆。

「甚麼！」我喊出來。「至少牙膏總能夠洗淨牙齒，不是嗎？」「老兄啊！」他拍我的肩膀發出憐惜之意說。「你要明白，洗淨你的牙齒是水及牙刷啊！牙膏不過使你洗時較覺芬香可口而煞有介事而已。」

「那末，用一兩點香蕉露也可以嗎？」

「虧得你想出來！」朋友轉憐為笑歎一口氣說。

我們兩人緊握雙手，宛如手中握住一件天知地知爾知我知宇宙間的大祕密。

# 論談話

## 導讀

本文最初發表於 1934 年 4 月 20 日《人間世》第 2 期。

梁實秋在《談話的藝術》中說：「談話，和作文一樣，有主題，有腹稿，有層次，有頭尾，不可語無倫次。寫文章肯用心的人就不太多，談話而知道剪裁的就更少了。」梁實秋信服美國新人文主義者白璧德，白璧德提倡「文章紀律」，梁實秋也要求談話作文都要有所「剪裁」。林語堂在哈佛留學時，白璧德正在該校任教，但當時林語堂對他並不認同。林語堂認為文學解放論者必與文學紀律論者相衝突，提倡文學紀律的「白璧德教授的遺毒，已由哈佛生徒而輸入中國。紀律主義，就是反對自我主義，兩者冰炭不相容」。林語堂是堅持「自我主義」的。他認為，「文章者，個人性靈之表現」，「言性靈之文人，亦必排斥格套」。

因此，林語堂的《論談話》必然跟梁實秋的《談話的藝術》不同。他主張談話應散漫無邊：「話既無所不說，結果愈談愈遠，毫無次序，毫無收束，盡歡而散。」同時，談話要有一個悠閒的氛圍和閒適的心態，「有閒的社會，才會產生談話的藝術，這是很明顯的」。既然強調閒適，當然不會費心思去剪裁，去打腹稿。但是，「目前商業生活的速度太高了」，「汽車的影響」更把談話的藝術「破壞無遺」，所以「人們今日在歎惜爐邊或木桶上的談話藝術已經失掉了」。從本文可見，林語堂提倡閒談時，也有着淡淡的懷古的憂傷。

「與君一夕談，勝讀十年書。」—— 這是一個中國學者和他的朋友談話之後所說的話。這確是一句真話。「一夕談」現已成為流行的詞語，表示一個人曾經和朋友暢談一晚，或將來要和朋友暢談一晚。中國有兩三本叫做《一夕談》或《山中一夕談》，和英國的《週末雜文集》（Weekend Omnibus）相同。這種和朋友夜談的無上快樂自然是很難得的，因為李笠翁[1]曾經說過，智者多數不知如何說話，說話者多數不是智者。因此，在山上的廟宇裏發見一個真正了解人生，同時懂得談話的藝術的人，一定是人生一種最大的快樂，像天文學家發見一顆新行星，或植物學家發見一種新植物一樣。

人們今日在歎惜爐邊或木桶上的談話藝術已經失掉了，因為目前商業生活的速度太高了。我相信這種速度頗有關係，可是我同時也相信把家庭變成一個沒有壁爐的公寓，便無異在開始破壞談話的藝術，此外，汽車的影響更把這種藝術破壞無遺。那種速度是完全不對的，因為談話只有在一個浸染着悠閒的精神的社會中才能存在；這種悠閒的精神是包含着安逸、幽默和語氣深淺程度的體味的。因為說話和談話之間確有差異之處。在中國語言中，說話和談話是不同的，談話指一種較多言、較閒逸的會談，同時所說的題目也比較瑣碎，比較和生意經無關。商人函件和名士尺牘之間也可以

① 李笠翁，即李漁（1611—1680），號笠翁，明末清初文學家、戲曲家。著有《閒情偶記》等作品。

看出同樣的差別。我們可以和任何人談論生意經，可是真正可以和我們作一夕談的人卻非常之少。因此，當我們找到一個真正可以談話的人，其快樂是和閱讀一個有風趣的作家的著作相同（如果不是更大的話），而且此外還有聽見對方的聲音，看見對方的姿態的快感。當我們和老友欣然重聚的時候，或和同伴在夜車的吸煙室或異地的客棧裏暢敘往事的時候，我們有時可以找到這種快樂。大家談到鬼怪和狐精，雜着一些關於獨裁者和賣國賊的有趣的軼事和激昂的評論，有時在不知不覺之中，一個有智慧的觀察者和健談者提起了某國所發生的事情，預言一個政權的傾覆或改變。這種談話使我們一生念念不忘。

談話當然以夜間為最好，白天總覺得乏味。說話的地方在我看來是毫不重要的。我們無論是在一間十八世紀法國女士的沙龍中，或於午後坐在田園中的木桶上，都可以暢談文學和哲學。或是在風雨之夕，我們在江舟上旅行，對岸船上的燈光反射於水上，舟子有益我們敘述慈禧幼時的軼事。老實說，談話的妙處乃是在環境次次不同，時、地、人物次次不同。關於這種談話，我們有時記得是在月明風清、庭桂芬馥的夜間，有時記得在風雨晦冥、爐火融融的時候，有時記得是坐在亭上，眺望江舟順流下駛，也許看見一舟在急流之中傾覆了，有時又記得是午夜以後坐在車站的候車室裏。這些景象和那幾次的談話聯繫起來，在我們的記憶中永不磨滅。房中也許有二三人，或五六人；或那夜老陳有點醉意，或那次老金有點傷風，鼻音特重，這使那晚的談話更有風趣。人生「月不常圓，花不常好，好友不常逢」，我們享享這種清福，我想必非神明所忌。

大概談話佳者都和美妙的小品文一樣，無論在格調方面或內容方面，談話都和小品文一樣。狐精、蒼蠅、英人古怪的脾氣、東西文化之不同、塞因河畔的書攤、風流的小裁縫、我們的統治者、政治家和將軍的軼事、佛手的保藏法——這些都是談話的適當題目。談話和小品文最雷同之點是在其格調之閒適。無論題目是多麼嚴重，多麼重要，牽涉到祖國的慘變和動亂，或文明在瘋狂政治思想的洪流中的毀滅，使人類失掉了自由、尊嚴，和甚至於幸福的目標，或甚至於牽涉到真理和正義的重要問題，這種觀念依然是可以用一種不經意的、悠閒的、親切的態度表示出來的。因為在文化中，我們無論多麼憤慨，對於剝奪我們自由的強盜無論多麼恨惡，我們也只能以唇邊的微笑來表示我們的情感，或由筆端來傳達我們的情感。我們真有慷慨激昂、情感洋溢的議論，也只讓幾個好友聽見而已。因此，真正談話的必要條件是：我們能夠在一個房間裏悠閒而親切的空氣中表示我們的意見，身邊只有幾個好友，沒有礙目之人。

我們拿一篇美妙的小品文和政治家的言論來對比，便可以看出這種真正的談話和其他交換意見的客套商議之差別。政治家的言論裏雖則表現了許多更崇高的情感，民主主義的情感，服務的慾望，對於窮者福利的關係，對國家的忠誠，崇高的理想，和平的愛好，及國際永久友誼的保證，同時又完全沒有提到貪求名利權勢的事情；然而，那種言論有一種氣息，使人敬而遠之，像一個衣服穿得過多或脂粉塗得過厚的女人。在另一方面，當我們聽到一番真正的談話或讀到一篇美妙的小品文時，我們卻如看見一個衣飾淡抹素服的村女，在江干洗衣，頭髮微亂，一紐不扣，但反覺得可親可愛。這就是西洋女子褻衣（negligee）所注重的那種親切的吸引力和「講究的隨便」（studied negligence）。一切美妙的談話和美妙的小品必須含着一部分這種親切的吸引。

所以，談話的適當格調就是親切和漫不經心的格調，在這種談話中，參加者已經失掉他們的自覺，完全忘掉他們穿甚麼衣服，怎樣説話，怎樣打噴嚏，把雙手放在甚麼地方，同時也不注意談話的趨向如何。談話應是遇見知己，開暢胸懷，有一人兩腳高置桌上，一人坐在窗檻上，又一人則坐在地板上，由沙發上拿去一個墊子做坐墊，使三分之一的沙發空着。因為只有當你的手足鬆弛着，身體的位置很舒服的時候，你的心靈才能夠輕鬆閒適。到這個時候：對面只有知心友，兩旁俱無礙目人。這是談話的絕對必要條件。話既無所不説，結果愈談愈遠，毫無次序，毫無收束，盡歡而散。悠閒與談話之間的聯繫是這樣的，談話與散文的勃興之間的聯繫也是這樣的。所以，我相信一國最精煉的散文是在談話成為高尚藝術的時候才生出來的。在中國和希臘的散文的發展上，這一點最為明顯。在孔子以後的年代裏，中國人的思想很有活力，結果產生了所謂「九流」，這是由於當時已經有一種文化背景，在社會上有一派以談話為業務的學者。為證明我的理論起見，我們可以舉出五個富有的貴族，他們均以慷慨、俠義、好客著稱。他們都有幾千的食客，例如齊國之孟嘗君[②] 有食客三千人，穿着「珠履」，住在他的家裏吃飯。在這些家裏，我們可以料想得到談話是多麼嘈雜熱鬧的。我們由《列子》[③]、《淮南子》[④]、《戰國策》[⑤] 和《呂覽》[⑥] 這些書裏，可以曉得當時學者的談話內容。後者一書據説是呂不韋的賓客所寫，而以呂氏的名字出版的（和十六十七世紀英國作家的「保護者」Patrons 一樣），這部書裏已經有着一些關於豐富的生活的觀念，認為一個人最好可以過豐富的生活，否則還不如不生活之為愈[⑦]。除此之外，社會上產生了一派聰明的巧辯家和專門的説客，他們受着各交戰國的聘請，做外交官到外國去遊説，使危機不至發生，勸敵軍撤退，使危城得以解圍，或締結同盟條約。這些職業的巧辯家往往以他們的機智、聰明的譬喻和勸説的能力著稱。這些巧辯家的談話或聰明的辯論都記載在《戰國策》一書裏。這種自由而詼諧的談論的空氣產生了一些最偉大的

② 孟嘗君（？—279），田氏名文，齊國公子，與魏國的信陵君、趙國的平原君、楚國的春申君合稱「戰國四公子」，皆喜廣招賓客，門下食客如雲。

③ 《列子》，又名《沖虛經》，是道家重要典籍，相傳為戰國時期道家學派思想家列子所做。

④ 《淮南子》，西漢皇族淮南王主持撰寫的一部文集，在繼承先秦道家思想基礎上綜合了諸子百家學説中的精華，是研究秦漢文化的重要著作。

⑤ 《戰國策》，記錄戰國時期縱橫家言論和事跡的史書，具有較濃的文學色彩。

⑥ 《呂覽》，又名《呂氏春秋》，據傳為秦國丞相呂不韋編寫的一部雜家著作。

⑦ 愈，較好、勝過。

哲學家：楊朱，以其玩世主義著稱；韓非子，以其現實主義（和意大利十五世紀的大政論家馬基雅弗利[8] Machiavelli 的理論頗為相同，不過比較溫和）著稱；大外交家晏子[9]，以其機智著稱。

紀元前三世紀末葉的文化社會情形，大概由「李園納娟[10]」一段，稍稍可以看出。李園將其女弟介紹給楚相春申君，又由春申君介紹於楚王，大得楚王的愛寵，後來楚國之被秦始皇所滅亡，與此事頗有關係。

昔者楚考烈王相春申君吏李園。園女弟女環謂園曰：「我聞王老無嗣，可見我與春申君，我欲假於春申君。我得見春申君，徑得見王矣！」園曰：「春申君貴人也，千里之佐，吾何敢托言？」李環曰：「即不見我，汝求謁於春申君才人，告有遠道客，請歸待之。彼必問汝，汝家何等遠道客者。因對曰：『園有女弟，魯相聞之，使使者求之園。』才人使告園者。彼必問汝：『女弟何能？』對曰：『鼓琴讀書通一經。』故彼必見我。」

園曰：「諾。」明日辭春申君：「才人有遠道客，請歸



---

⑧ 馬基雅弗利，現通譯馬基雅維利（1469—1527），意大利政治思想家和歷史學家。著有《君主論》，成為很多政治家的案頭必讀讀物。

⑨ 晏子，即晏嬰（前 578—前 500），春秋時期齊國重要的政治家。晏子據說身材不高，其貌不揚，但善言辯，其思想、言行、事跡等編成《晏子春秋》一書。

⑩ 娟（wèi），妹妹。

待之。」春申君果問：「汝家何等遠道客？」對曰：「園有女弟，魯相聞之，使使求之。」春申君曰：「何能？」對曰：「能鼓琴讀書通一經。」春申君曰：「可得見乎？明日使待於離亭。」園曰：「諾。」既歸，告女環曰：「吾辭於春申君，許我明日夕待於離亭。」女環曰：「園宜先供待之。」

春申君到，園馳人呼女環，女至，大縱酒。女環鼓琴，曲未終，春申君大悅，留宿……

這種有教養的女子和有閒的學者的社會背景，結果造成了中國散文第一次的重要發展。有女子能談話，能鼓琴，能讀書，的確是男女交際談話的風度。這無疑地有點貴族氣，因為楚相春申君是不易見到的，然而有女子能「鼓琴讀書通一經」，卻非見不可，這便是中國古代巧辯家和哲學家所過着的有閒生活。這些古代中國哲學家的書籍不外是這些哲學家閒談的結果。

有閒的社會，才會產生談話的藝術，這是很明顯的；談話的藝術產生，才有好的小品文，這也是一樣明顯的。大概談話的藝術與小品文，在人類歷史上都比較晚出，這是因為人類之心靈必須有相當的技巧，而這種技巧只有在有閒的生活裏才能夠產生。我知道今日享受有閒的生活或屬於可惡的有閒階級，可是我相信真正的共產主義及社會主義，都是希望大家都能夠有閒，或有閒能夠普遍。所以有閒並不是罪惡，善用其閒，人類文化可發達，談話乃其一端。商人終日孳孳為利，晚膳之後，熟睡如牛，是不會有益文化的。

「閒」有時是迫出來，而不是自己去求的；有許多文學佳作是在監牢中產生出來的。當我們看見一個很有希望的文學天才，耗費精力於無益的社交集會或當前政治論文的撰作時，最好的辦法是把他關在監牢裏。須知文王[11]的《周易》和司馬遷的傑作《史記》，都是在監牢裏寫出來的。有時文人落第不得志，乃寄幽憤於文章，產生了偉大的文學作品或藝術品。元代有那麼偉大的畫家和戲曲家，清初有石濤和八大山人那麼偉大的畫家，原因便在這裏。他們在異族的統治下感到無上的恥辱，這種感覺鼓起了他們的愛國心，使他們專心致志於藝術和學問。石濤無疑地是中國過去所產生的最偉大的畫家，他在西洋之所以不大著名，乃是因為滿清的皇帝不願使這些不同情清朝政府的藝術家得到應得的功名。其他落第的偉大作家開始把他們的精力昇華起來，朝着創作之路走去，因此施耐庵和蒲留仙[12]能夠寫出《水滸》和《聊齋》來。

《水滸傳序》雖未必出自施手，然其言朋友過談之樂，實在太好了。其文曰：

吾友畢來，當得十有六人。然而畢來之日為少，非甚風雨，而盡不來之日亦少；大率日以六七人來為常矣。吾友來，亦不便飲酒；欲飲則飲，欲止則止。各隨其心，不以酒為樂，以談為樂也。吾友談不及朝廷，非但安分，亦以路遙

⑪ 文王，即周文王（前 1152—前 1056），姓姬名昌，周朝第一個王周武王之父。相傳他在被商王囚禁期間寫成《周易》。

⑫ 蒲留仙，即蒲松齡（1640—1715），字留仙，《聊齋志異》的作者。

傳聞為多，傳聞之言無實，無實即唐[13]喪唾津矣。亦不及人過失者，天下之人本無過失，不應吾詆誣之也。所發之言，不求驚人，人亦不驚；未嘗不欲人解，而人卒亦不能解者。事在性情之際，世人多忙，未曾常聞也。

施耐庵的偉大作品都是在這種格調和情感之下產生出來的，而這種格調和情感乃是有閒的生活所造成的。

希臘散文也是在這種有閒的社會背景下勃興的。希臘人思想那樣細膩，文章那樣明暢，都是得力於有閒的談話。柏拉圖[14]之書名《對話錄》（Dialogue）可為明證。《宴席》（Banquet）一篇所寫的全是談話，全篇充滿了席上文士、歌姬、舞女和酒菜的味道。這種人因為善談，所以文章非常地可愛，思想非常地清順，絕無現代廊廟文學的華麗萎靡之弊。這些希臘人顯然知道怎樣運用哲學的題目，比如《Phaedrus》一開題便描寫希臘哲學家的可愛的談話環境，他們的好談，及他們對暢談和選擇談話環境的重視，這使我們明白希臘散文勃興的情形。

柏拉圖的《共和國》也不像一些現代作家那樣，一開頭便用「人類文化之發展過程，乃是一種由龐雜而至純一的動力運動」一類的迂闊之辭。他所用的乃是這麼閒適的一句話：「我昨天同格老根（Glauco）亞里斯多（Aristo）的兒

⑬ 唐，空、徒然。

⑭ 柏拉圖（約前 427—前 347），古希臘偉大的哲學家。他和老師蘇格拉底、學生亞里士多德並稱為古希臘三大哲學家。

子，到比雷斯（Piraeus）去向女神祈禱，同時順便去看看第一次舉行的廟會的光景。」中國古代哲學家那種非常活躍而有力的思想，我們也可在希臘的社會中找到；比方在《宴席》中，他們所談的是「寫悲劇的偉大作家應不應該也成為寫喜劇的偉大作家」等問題，但是席上是莊諧雜陳，名士時或笑謔蘇格拉底的飲量，蘇格拉底可以飲，可以不飲，興則自斟，也不管他人飲否。這樣一講講到天亮，蘇格拉底還是健談如故，但人人睡去了，只剩了兩人，可是不久喜劇家亞理斯多芬（Aristophanes）⑮ 也打盹兒，跟着亞迦通（Agathon）⑯ 也入睡鄉。蘇格拉底沒法，只好獨自出來，到蘭心花園（Lyceum）洗個澡，那天照樣精神不倦地過去。希臘哲學就是在這種暢談的環境中產生出來的。

在風雅的談話中，我們需要女人供給一些必要的瑣碎材料，因為瑣碎的材料是談話的靈魂。如果沒有瑣碎的輕快成分，談話一定立刻變得滯重乏味，而哲學也變成脫離人生的愚蠢學問。無論在哪個國家時代裏，當社會有一種認識生活藝術的文化時，社交集會中往往產生一種歡迎女子的風氣，伯利克利斯（Pericles）⑰ 時代的雅典是這樣的，十八世紀法

---

⑮ 亞理斯多芬（Aristophanes），現通譯阿里斯托芬（約前 446—前 385），古希臘舊喜劇詩人。與蘇格拉底、柏拉圖等為好朋友。

⑯ 亞迦通（Agathon），現通譯阿伽松（約前 447—前 400），古希臘悲劇詩人。與蘇格拉底、柏拉圖等為好朋友。

⑰ 伯利克利斯（Pericles），現通譯伯里克里斯（約前 495—前 429），古希臘奴隸主民主政治的傑出代表，古代世界最著名的政治家之一。

國沙龍的情形也是這樣的。甚至在中國男女社交不公開的環境中，中國的男學者也在要求女人參加他們的談話。在晉、宋、明三朝中，談話的藝術很發達，談話成為一種風氣，於是也就有了才女，如謝道韞、朝雲、柳如是諸人。中國人與妻儘管舉案齊眉，以禮相守，但是要求才女的心，終未消滅。中國文學史和歌女的生活關係頗深，人們要求風雅的女子參加談話，乃是一種普遍的要求。我曾碰到一些健談的德國女子，可以同你由下午五點鐘一直談到晚上十一點鐘；我也曾碰到一些英國和美國的女子，對經濟學甚為熟識，使我驚奇不已，因為我對這個科目永無研究的勇氣。可是據我看來，縱使周遭沒有女子可以和我辯論馬克思和恩格斯（Engels），只要有幾個女子露着沉思的可愛態度在傾耳靜聽，談話也可以風趣盎然。我往往覺得這是比和呆頭呆腦的男人談話更有樂趣的。

# 言志篇

## 導讀

本文最初發表於 1934 年 6 月 1 日《論語》第 42 期，後收入上海時代圖書公司 1936 年版《我的話．行素集》。現代文學大師周作人認為，中國文學的發展變化是代表個人的「言志」與代表統治集團的「載道」兩大潮流對立循環而成，「言志」是言「個人」之志，「載道」是載「集團」之道。林語堂非常推崇周作人這些觀點，他說：「周作人談《中國新文學的源流》一書推崇公安竟陵，以為現代散文直繼公安之遺緒。此是個中人語，不容不知此中關係者瞎辯。」「周作人先生提倡公安，吾從而和之」，並認為「苟能人人各抒性靈，復出以閒散自在之筆，則行文甚易，而文章之奇變正無窮，何至如今日之沉寂空泛」。本文題為「言志篇」，即是對周作人文學「言志」論的支持。

林語堂所言之志，是要「應有幾分凌亂，七分莊嚴中帶三分隨便」的一間書房；「幾套不是名士派但亦不甚時髦的長褂，及兩雙稱腳的舊鞋子」；「一個可以依然故我，不必拘牽的家庭」；「幾位知心友，不必拘守成法，肯向我盡情吐露他們的苦衷」；「一位能做好的清湯，善燒青菜的好廚子」；更重要的是「要有能做我自己的自由和敢做我自己的膽量」。

古人言「士各有志」，不過言志並不甚易。在言志時，無意中還是「載道」，八分為人，二分為己，所以失實。況且中國人有一種壞脾氣，留學生煉牛皮，必不肯言煉牛皮之志，而文之曰「實業救國」。假如他的哥哥到美國搞農業，回來開牛奶房，也不肯言牛奶房之志，口説是「農村立國」。《論語》言志篇，子路①、冉有②、公西華③，各有一大篇載道議論，雖然「夫子哂之」，點④也尚不敢率爾直言，須經夫子鼓勵一番，謂「何傷乎？亦各言其志也！」始有「春服既成」一段真正言志的話⑤。不圖方巾氣者⑥所必吐棄之小小志尚，反得孔子之讚賞。孔子之近情，與方巾氣者之不近情，正可於此中看出。此姑且撇過不談。常言男子志在四方，實則各人於大志之外，仍不免有個人所謂理想生活。要人掛冠⑦，也常有一番言志議論，便是言其理想生活。或是歸田養母，或是出洋留學，但這也不過一時説説而已。向來中國人得意時信儒教，失意時信道教，所以來去出入，都有照

① 子路（前 542—前 480），姓仲，名由，字子路，孔子弟子。

② 冉有（前 522—前 489），姓冉，名求，字子有，孔子弟子。

③ 公西華（前 509—？），姓公西，名赤，字子華，孔子弟子。

④ 點，即曾點（生卒年不詳），姓曾，名點，字子晳，孔子弟子。

⑤ 以上出自《論語・先進篇》典故。孔子讓幾個弟子談談自己的志向，子路、冉有、公西華的志向孔子都不滿意，而最讚賞曾點的灑脱、回歸自然和無欲無求。

⑥ 方巾氣者，即思想言行迂腐、充滿書生氣的人。方巾，明代書生日常戴的帽子。

⑦ 掛冠，辭去官職。

例文章，嚴格地説，也不能算為真正的言志。

據説古希臘有聖人代阿今尼思[8]，一日正在街上滾桶中曬日，遇見亞力山大帝[9]來問他有何所請。代阿今尼思客氣地答曰：「請皇帝稍為站開，不要遮住陽光，便感恩不盡了。」這似乎是代阿今尼思的志願。他是一位清心寡慾的人，冬夏只穿一件破衲，坐卧只在一隻滾桶中。他説人的慾願最少時，便是最近於神仙快樂之境。他本有一隻飲水的杯，後來看見一孩子用手拿水而飲，也就毅然將杯拋棄，於是他又覺得比前少了一種掛礙，更加清淨了。

代阿今尼思的故事，常叫人發笑，因為他所代表的理想，正與現代人相反。近代人是以一人的慾願之繁多為文化進步的衡量。老實説，現在人根本就不知他所要的是甚麼。在這種地方，發見許多矛盾，一面提倡樸素，又一面捨不得洋樓汽車；有時好説金錢之害，有時卻被財魔纏心，做出許多尷尬的事來。現代人聽見代阿今尼思的故事，不免生羨慕之心，卻又捨不得要看一張真正好的嘉寶[10]的影片。於是仍有所謂言行之矛盾，及心靈之不定。

自然，要爽爽快快打倒代阿今尼思主張，並不很難。第

---

⑧ 代阿今尼思，現通譯第歐根尼（約前 404—前 323），古希臘哲學家，犬儒學派的代表人物。

⑨ 亞力山大帝，現通譯亞歷山大大帝（前 356—前 323），馬其頓國王。他雄才偉略，勇於善戰，被認為是歐洲歷史上最偉大的軍事天才。

⑩ 嘉寶，即葛麗泰·嘉寶（1905—1990），瑞典人，好萊塢著名影星，也是電影史上最有名的女演員之一。

一，代阿今尼思生於南歐天氣溫和之地。所以寒地女子，要穿一件皮大氅，也不必於心有愧。第二，凡是人類，總應該至少有兩套裏衣，可以替換。在書上的代阿今尼思，也許好像一身仙骨，傳出異香來，而在實際上，與代阿今尼思同床共被，便不怎樣爽神了。第三，將這種理想貫注於小學生腦中，是有害的。因為至少教育須養成學子好書之心，書是代阿今尼思所絕對不看的。第四，代阿今尼思生時，尚未有電影，也未有 Mickey Mouse 的滑稽影戲畫，無論大人小孩說他不要看 Mickey Mouse，一定是已失其赤子之心，這種朽腐的魂靈，再不會於吾人文化有甚麼用處。總而言之，一人對於環境，能隨時注意，理想興奮，慾願繁複，比一枯槁待斃的人，心靈上較豐富，而於社會上也比較有作為。乞丐到了過屠門而不大嚼時，已經是無用的廢物了。諸如此類，不必細述。

代阿今尼思所以每每引人羨慕者，毛病在我們自身。因為現代人實在慾望太奢了，並且每不自知所欲為何物。富家婦女一天打幾圈麻將，也自覺麻煩。電影明星在燈紅酒綠的交際上，也自有其覺到不勝煩躁，而只求一小家庭過清淨生活之時。朝朝寒食，夜夜元宵之人，也有一旦不勝其膩煩之覺悟。若西人百萬富翁之青年子弟，一年渡大西洋四次，由巴黎而南美洲，而尼司[11]，而紐約，而蒙提卡羅[12]，實際上只在

⑪ 尼司，現通譯尼斯，法國著名旅遊城市，全歐洲最具有魅力的黃金海岸。

⑫ 蒙提卡羅，摩納哥著名的旅遊城市，有舉世聞名的賭場。

躲避他心靈的空虛而已。這種人常會起了一念，忽然跑入僧寺或尼姑庵，這是報上所常見的事實。

我想在各人頭腦清淨之時，盤算一下，總會覺得我們決不會做代阿今尼思的信徒，總各有幾樣他所求的志願。我想我也有幾種願望，只要有志去求也並非絕不可能的事。要在各人看清他的志操，有相當的抱負，求之在己罷了，這倒不是外方所能移易。茲且舉我個人的願望如下，這些願望十成中能得六七成，也就可算為幸福了。

我要一間自己的書房，可以安心工作。並不要怎樣清潔齊整。不要一位 Story of San Michele 書中的 Mademoiselle Agathe 會拿她的揩布到處亂揩亂擦。我想一人的房間，應有幾分凌亂，七分莊嚴中帶三分隨便，住起來才舒服，切不可像一間和尚的齋堂，或如府第中之客室。天羅板下，最好掛一盞佛廟的長明燈，入其室，稍有油煙氣味。此外又有煙味，書味，及各種不甚了了的房味。最好是沙發上置一小書架，橫陳各種書籍，可以隨意翻讀。種類不要多，但不可太雜，只有幾種心中好讀的書，及幾次重讀過的書——即使是天下人皆詈為無聊的書也無妨。不要理論太牽強、板滯乏味之書，但也沒甚麼一定標準，只以合個人口味為限。西洋新書可與《野叟曝言》[13]雜陳，孟德斯鳩[14]可與福爾摩斯小說

⑬ 《野叟曝言》，清代乾隆年間夏敬渠（1705—1787）所作的一部長篇小說。包羅萬象，內容龐雜，為一部百科全書式的作品。

⑭ 孟德斯鳩（1689—1755），法國啟蒙思想家、社會學家，西方國家學說和法學理論的奠基人。

並列。不要時髦書，T. S. Eliot [15]，James Joyce [16] 等，袁中郎 [17] 有言，「讀不下去之書，讓別人去讀」便是。

我要幾套不是名士派但亦不甚時髦的長褂，及兩雙稱腳的舊鞋子。居家時，我要能隨便閒散的自由。雖然不必效顧千里 [18] 裸體讀經，但在熱度九十五以上之熱天，卻應許我在傭人面前露了臂膀，穿一短背心了事。我要我的傭人隨意自然，如我隨意自然一樣。我冬天要一個暖爐，夏天要一個水浴房。

我要一個可以依然故我、不必拘牽的家庭。我要在樓下工作時，聽見樓上妻子言笑的聲音，而在樓上工作時，聽見樓下妻子言笑的聲音。我要未失赤子之心的兒女，能同我在雨中追跑，能像我一樣地喜歡澆水浴。我要一小塊園地，不要有遍鋪綠草，只要有泥土，可讓小孩搬磚弄瓦，澆花種菜，餵幾隻家禽。我要在清晨時，聞見雄雞喔喔啼的聲音。我要房宅附近有幾棵參天的喬木。

我要幾位知心友，不必拘守成法，肯向我盡情吐露他們的苦衷。談起話來，無拘無礙，柏拉圖與《品花寶鑑》[19] 唸得

---

⑮ T. S. Eliot 現通譯 T. S. 艾略特（1888—1965），英國 20 世紀最偉大的詩人之一，曾獲諾貝爾文學獎。

⑯ James Joyce，現通譯詹姆斯．喬伊斯（1882—1941），愛爾蘭小說家，「意識流文學」的代表作家，著有《尤利西斯》。

⑰ 袁中郎，即袁宏道（1568—1610），明代文學家，中郎為其字。袁宏道主張「獨抒性靈，不拘格套」的「性靈說」。

⑱ 顧千里（1766—1835），清代著名藏書家，對經史諸學問都有研究。

⑲ 《品花寶鑑》，中國近代陳森（1797—1870）所作的豔情小說。

一樣爛熟。幾位可與深談的友人，有癖好、有主張的人，同時能尊重我的癖好與我的主張，雖然這些也許相反。

我要一位能做好的清湯，善燒青菜的好廚子。我要一位很老的老僕，非常佩服我，但是也不甚了了我所做的是甚麼文章。

我要一套好藏書，幾本明人小品，壁上一幀李香君[20]畫像讓我供奉，案頭一盒雪茄，家中一位了解我的個性的夫人，能讓我自由做我的工作。酒卻與我無緣。

我要院中幾棵竹樹，幾棵梅花。我要夏天多雨，冬天爽亮的天氣，可以看見極藍的青天，如北平所見的一樣。

我要有能做我自己的自由和敢做我自己的膽量。

⑳ 李香君（1624—1654），明末南京名妓、才女，「秦淮八豔」之一。在明末清初孔尚任（1648—1718）的傳奇《桃花扇》中，李香君為一個注重民族氣節，不惜捨身取義的烈女子。

# 笑

## 導讀

本文發表於 1934 年 11 月 20 日《人間世》第 16 期。林語堂認為，在文章中很少看到君子自述其笑，因此渴望從作品中看到文人「自述其笑」，「陶情諧謔之笑」，尋找「文人笑時之真實影子」。他認為在張岱的《陶庵夢憶》及袁中郎的文章中，能見到這樣的「笑」。

1934 年是林語堂在現代著名文學大家周作人的指點下，發現袁中郎，進而推崇袁中郎的關鍵年份。他校閱出版了《袁中郎全集》，這也是他最愛讀的書之一。「向來我讀書少有如此咀嚼法。在我讀書算一種新的經驗。」同年，他在《四十自敍詩》中寫道：「近來識得袁宏道，喜從中來亂狂呼。宛似山中遇高士，把其袂兮攜其裾⋯⋯從此境界又一新，行文把筆更自如。」1935 年，林語堂又說：「其實我看袁中郎，原是一部四元買來的不全本。一夜床上看尺牘，驚喜欲狂，逢人便說，不但對妻要說，凡房中人甚至傭人，亦幾乎有不得不向之說說之勢。時未讀文集也。然此中有個道理，能說尺牘中語者，其人之英靈氣魄已全畢現，其文中亦必無迂腐門面語，此可斷言也。故曰文章觀氣魄，妙語主空靈。氣魄足，必有佳品。」

袁中郎對林語堂的文學觀念和人生態度影響很大，正如學者陳平原所說，林語堂由袁中郎「上溯李贄、蘇軾、莊周，下連金聖歎、李漁等，逐漸建構起自家的生活趣味以及文學史圖景」。

古之君子，未嘗不笑，而於文中自述其笑，則甚難得，仲尼莞爾，是他人寫的。能自述其頑皮謔浪之笑，更是翻破萬卷書亦不易得也。若蘇子瞻[①]之記喜雨，賦赤壁，尚有多少清高文士氣味，不然便是世道人心之笑，實不稀罕。至於笑天下、笑世人之笑，皆帶些酸味，此非吾所欲見陶情諧謔之笑也。因此亦甚難於文中見得文人笑時之真實影子。杜牧之「人世難逢開口笑，菊花插得滿頭歸」，乃是吾所欲看的。夫菊花插得滿頭，是如何「不雅」樣子，而杜牧竟敢敍之，是誠難得。總是儒者之偽，在文中擺臭架子，欲於一笑一顰之中盡合聖道耳。

使我看到此真實笑的影子者，明末文中倒可看到幾篇。張岱[②]頗有此勇氣。《陶庵夢憶》中《金山夜戲》便有此氣味：

移舟過金山寺，已二鼓矣。經龍王堂，入大殿，皆漆靜。林下漏月光，疏疏如殘雪。余呼小僕攜戲具，盛張燈火大殿中，唱韓蘄王金山及長江大戰諸劇，鑼鼓喧闐，一寺人皆起看。有老僧以手背摋[③]眼瞖[④]，翕然張口，呵欠與笑嚏



① 蘇子瞻，即蘇軾（1037—1101），北宋著名文學家，子瞻為其字。

② 張岱（1597—1679），明末清初文學家、史學家。由明入清後不仕，入山著書以終。《陶庵夢憶》是張岱在明亡後所作，追憶了明朝的種種繁華景象。張岱字宗子，下文中的宗子即他。

③ 摋（sà），側手擊。

④ 瞖（yì），眼角膜上所生的障蔽視線的白斑。

俱至。徐定睛，視為何許人，以何事何時至，皆不敢問。劇完，將曙，解纜過江，山僧至山腳，目送久之，不知是人是怪是鬼。

此篇宗子不言其笑，而我已聞見其肚裏笑聲矣。半夜在佛殿唱劇，驚吵人家，嚇殺寺僧，是如何不雅。不雅之笑，無關世道人心之笑，而竟敢為文述之，是如何誠實！

袁中郎文中此種頑皮的笑的影子，卻甚容易找到，此所以三百年後中郎文猶能活躍紙上，使我如見其人也。《山居鬥雞記》篇末曰：

余久病未嘗出里許。世間鋤強扶弱，豪行快舉，了不得見。見此以為奇，逢人便說。說而人笑，余亦笑。人不笑，余亦笑。說而笑，笑而跳，竟以此了一日也。

夫笑已不雅，而況跳乎？而況竟以此終日告人乎？宜乎道學方巾[⑤]之鄙夷中郎，厭惡中郎。道學方巾跬步[⑥]要擺大人先生樣子，做文亦要擺大人先生樣子，宜乎其敢賣友事仇，不敢佻達不雅也。中郎若向此輩說鬥雞故事，此輩不但不笑不跳，且必踧踖[⑦]不安，以為在罵己也。然則此輩之所以

⑤ 道學方巾，指思想、言行迂腐的人。

⑥ 跬（kuǐ），半步。古人稱人行走，舉足一次為「跬」，舉足兩次為「步」。

⑦ 踧踖（cù jí），恭敬小心的樣子。

「不重則不威」，亦良有以也。

中郎遊盤山，「與導僧約，遇絕險，當大笑，每聞笑聲，皆膽落」。夫遇絕險，何以當大笑，笑又何必相約，又何必笑得人膽落，是何道理，此皆不可為道學方巾道也。道之而三摑其額，彼輩亦不能解。然則中郎因此反可為吾輩所獨有。猶如名山奇谷，道上少俗僧，少遊客，使我輩獨得而據為己有，豈非快事？中郎遊天目，臨行諸僧進曰：「荒山僻小，不足當巨目，奈何？」中郎曰：「天目山某等亦有些子分，山僧不勞過謙，某亦不敢面譽。」⑧因大笑而別，頗有些這種意思。心裏頗想警告世人，中郎全書多此種佻達不雅之詞，無關世道之笑，實在無甚麼價值，可以不買，以免買了生氣。有些許喜歡真情真話者始可買此書。十月十九日校中郎遊記後有所感，書此。

⑧ 此句意為對天目山來說，與我們也有一些關係，您不須替天目山過分謙虛，也不須當面誇獎。

# 做文與做人

## 導讀

本文為作者 1934 年 12 月 27 日在暨南大學的演講稿，後發表於 1935 年 1 月 16 日《論語》第 57 期。本文主要闡明做人與做文的關係，向讀者表明自己的人生觀和文學觀。

在林語堂看來，做人與做文相比較，做人是第一位的。他說：「我想行字是第一，文字在其次。行如吃飯，文如吃點心。」即便真要做文人，也要有原則：「就是帶一點丈夫氣，說自己胸中的話，不要取媚於世，這樣身份自會高。要有點膽量，獨抒己見，不隨波逐流，就是文人的身份。所言是真知灼見的話，所見是高人一等之理，所寫是優美動人的文，獨往獨來，存真保誠，有氣骨，有識見，有操守，這樣的文人是做得的。」不提倡做名士派、激昂派與唯美派，名士派易張狂，激昂派愛罵人，唯美派有奴才相。林語堂這些觀點，總體來說是站得住的，但是文中也有一些值得商榷的話。他說：「民族文學派罵普羅，普羅罵『第三種人』，大家爭營對壘，成羣結黨，一槍一矛，街頭巷尾，報上屁股，互相臭罵，叫武人見了開心，等於妓院打出全武行，叫路人看熱鬧。」

「普羅文學」即指當時的「左翼文學」，「民族文學」則傾向於國民黨，當時不同文學派別的論爭有特定的時代背景，應客觀對待，不能一概否定。另外，林語堂將文學比做點心，也受到魯迅等人的嚴厲批評。

## 一　做文可，做人亦可，做文人不可

向來在中國，文人之地位很高，但是高的都是死後，在生前並不高到怎樣。我們有句老話，叫做「詞窮而後工」，好像不窮不能做詩人。辜鴻銘潦倒以終世，我們看見他死了，所以大家說他是好人，而與以相當的同情，但是辜鴻銘倘尚活着，則非挨我們笑罵不可。我們此刻開口蘇東坡，閉口白居易，但是蘇東坡生時是要貶流黃州的，大家好像好意迫他窮，成就他一個文人，死後尚且一時詩文在禁。白居易生時，妻子就看不大起他，知音者只有元稹、鄧魴、唐衢幾人。所以文人向例是偃蹇不遂[①]的。偶爾生活較安適，也是一樁罪過。所以文人實在沒有甚麼做頭。我勸諸位，能做軍閥為上策；其次做官，成本輕，利息厚；再其次，入商，賣煤也好，販酒也好。若真沒事可做，才來做文章。

## 二　文人與窮

我反對這文人應窮的遺說。第一，文人窮了，每好賣弄其窮，一如其窮已極，故其文亦已工，接着來的就是一些甚麼浪漫派、名士派、號啕派、怨天派。第二，為甚麼別人可以生活舒適，文人便不可生活舒適？顏淵在陋巷固然不改其憂，然而顏淵居富第也未必便成壞蛋。第三，文人窮了，於他實在沒有甚麼好處，在他人看來很美，死後讀其傳略，很



① 偃蹇不遂，有理想、有抱負的人貧頓受阻、難有作為之意，通常用在窮酸文人身上。

有詩意，在生前斷炊是沒有甚麼詩意的。這猶如我不主張紅顏薄命，與其紅顏而薄命，不如厚福而不紅顏。在故事中講來非常纏綿淒惻，身歷其境，卻不甚妙。我主張文人也應跟常人一樣，故不主張文人應特別窮之說。這文人與常人兩樣的基本觀念是錯誤的，其流禍甚廣，這是應當糾正的。

我們想起文人，總是一副窮形極相。為甚麼這樣呢？這可分出好與不好兩面來說。第一，文人不大安分守己，好評是非。人生在世，應當馬馬虎虎，糊糊塗塗，才會騰達，才有福氣，文人每每是非辨得太明，涇渭分得太清。黛玉最大的罪過，就是她太聰明。所以紅顏每多薄命，文人亦多薄命。文人遇有不合，則遠引高蹈，揚袂而去，不能同流合污下去，這是聰明所致。二則，文人多半是書呆不治生產，不通世故，尤不肯屈身事仇，賣友求榮，所以偃蹇是文人自招的。然而這都還是文人之好處。尚有不大好處，就是文人似女人。第一，文人薄命與紅顏薄命相同，我已說過。第二，文人好相輕，與女人互相評頭品足相同。世上沒有在女人目中十全的美人，一個美人走出來，女性總是評她，不是鼻子太扁，便是嘴太寬，否則牙齒不齊，再不然便是或太長或太短，或太活潑，或太沉默。文人相輕也是此種女子入宮見妒的心理。軍閥不來罵文人，早有文人自相罵。一個文人出一本書，便有另一文人處心積慮來指摘。你想他為甚麼出來指摘，就是要獻媚，說你皮膚不嫩，我姓張的比你嫩白，你眉毛太粗，我姓李的眉毛比你秀麗。於是白話派罵文言派，文言派罵白話派，民族文學派罵普羅，普羅罵「第三種人」，大家爭營對壘，成羣結黨，一槍一矛，街頭巷尾，報上屁股，互相臭罵，叫武人見了開心，等於妓院打出全武行，叫路人看熱鬧。文人不敢罵武人，所以自相罵以出氣，這與向來妓女罵妓女，因為不敢罵嫖客一樣道理，原其心理，都是大家要取媚於世。第三，妓女可以叫條子，文人亦可以叫條子。今朝事秦，明朝事楚，事秦事楚皆不得，則於心不安。武人一月出八十塊錢，你便可以以大揮如椽之筆為之效勞。三國時候，陳孔璋[②]投袁紹，做起文章罵曹操為豺狼，後來投到曹家，做起檄來，罵袁紹為蛇虺[③]。文人地位到此已經喪盡，比妓女不相上下，自然叫人看不起。

## 三　所謂名士派與激昂派

我主張文人亦應規規矩矩做人，所以文人種種惡習，若寒，若懶，若借錢不還，我都不贊成。好像古來文人就有一些特別的壞脾氣，特別頹唐，特別放浪，特別傲慢，特別矜誇。因為向來有寒士之名，所以寒士二字甚有詩意，以寒窮傲人，不然便是文人應懶，甚麼「生性疏慵」，聽來甚好，所以想做文人的人，未學為文，先學疏懶。（毛病在中國文字「慵」、「痾」諸字太風雅了。）再不然便是傲慢，名士好罵人，所以我來罵人，也可成為名士。諸如此類，不一而足，這都不是好習氣。這裏大略可分為二派：一名士派，二激昂派。名士派是舊的，激昂派是新的。大概因為文人一身

---

② 陳孔璋，即陳琳（？—217），東漢末年著名文學家，「建安七子」之一。孔璋為其字。

③ 虺（huǐ），古書上的一種毒蛇。

傲骨，自命太高，把做文與做人兩事分開，又把孔夫子的道理倒裁，不是行有餘力，則以學文，而是既然能文，便可不顧細行。作了兩首詩，便自命為詩人；寫了兩篇文，便自詡為名士。在他自己的心目中，他已不是常人了，他是一個文豪，而且是了不得的文豪，可以不做常人。於是人家剃頭，他便留長髮；人家扣紐扣，他便開胸膛；人家應該勤謹，他應該疏懶；人家應該守禮，他應該傲慢，這樣才成一個名士。自號名士，自號狂生，自號才子，都是這一類人。這樣不真在思想上用功夫，在寫作上求進步，專學上文人的惡習氣，文字怎樣好，也無甚足取。況且在真名士，一身瀟灑不羈，開口罵人而有天才，是多少可以原諒的，雖然我認為真可不必。而在無才的文人，學上這種惡習，只令人作嘔。要知道詩人常狂醉，但是狂醉不是詩人；才子常風流，但是風流未必就是才子。李白可以散髮泛扁舟，但是散髮者未必便是李白。中外名士每每有此種習氣，像王爾德[④]一派便是以大紅背心炫人的，勞倫斯[⑤]也主張男人穿紅褲子。紅背心、紅褲子原來都是一種憤世嫉俗的表示，但是我想這都可以不必。文人所以常被人輕視，就是這樣裝瘋，或衣履不整，或約會不照時刻，或辦事不認真。但健全的才子，不必靠這些陰陽怪氣作點綴。好像頭一剃，詩就會好；鬍鬚生

④ 王爾德（1854—1900），英國劇作家、詩人、散文家，著名才子，作風大膽、行為不羈。

⑤ 勞倫斯（1885—1930），英國著名小說家、詩人，寫過《查泰萊夫人的情人》等在當時看來驚世駭俗的作品。

蝨子，就自號為王安石；夜夜御女人，就自命為紀曉嵐。為甚麼你本來是一個好好有禮的人，一旦寫兩篇文章，出一本文集，就可以對人無禮？為甚麼你是規規矩矩的子弟，一旦做文人，就可以誹謗長上？這是甚麼道理？這種地方，小有才的人尤應謹慎，説來説去，都是空架子，一揭穿不值半文錢。其緣由不是他才比人高，實是神經不健全，未受教訓，易發脾氣。一般也是因為小有才的人，寫了兩篇詩文，自以為不朽傑作，吟哦自得，「一事愜當，一句清巧，神厲九霄，志凌千載，自吟自賞，不覺更有旁人。」[6] 彼輩若能對自己幽默一下，便不會發這神經病。

名士派是舊的，激昂派是新的。這並不是説古昔名士不激昂，是説現代小作家有一特別壞脾氣，動輒不是人家得罪他，便是他得罪人家，而由他看來，大半是人家得罪他。再不然，便是他欺侮人家，或人家欺侮他，而由他看來，大半是人家欺侮他。欺侮是文言，白話叫做壓迫。牛毛大一件事，便呼天喊地，叫爺叫娘，因為人家無意中得罪他，於是社會是罪惡的，於是中國非亡不可。這也是與名士派一樣神經不健全，將來吃苦的，不是萬惡的社會，「也不是將亡的中國」，而是這位激昂派的詩人自身。你想這樣到處罵人的人，就是文字十分優美，有誰敢用？所以常要弄到失業，然後怨天尤人，詛咒社會。這種人跳下黃浦，也於社會無損。這種人跳下黃浦叫做不幸，拉他起來，叫做罪過。這是「不

⑥ 出自北齊顏之推《顏氏家訓》，形容狂妄自大、目中無人的情狀。

幸」與「罪過」之不同。毛病在於沒受教育。所謂教育，不是說讀書，因為他們書讀得不少，是說學做人的道理。

所以新青年常患此種毛病，一因在新舊交流青黃不接之時，青年侮視家長、侮視師傅以為常，沒有家教，又沒有師教，於是獨往獨來，天地之間，唯我一人，通常人情世故之 ABC 尚不懂。我可舉一極平常的例：有一青年住在一老年作家的樓下，這位老作家不但讓他住，還每月給他二十塊錢用，後來青年再要向老作家要錢，認為不平等，他說你每月進款有三百元，為甚麼只給我二十元，於是他咒罵老作家壓迫他，甚至做文章罵他，這文章就叫做激昂派的文章。又有一名流到上海，有一青年去見他，這位名流從二時半等到五時，不見他來，五時半接到一封大罵他的信，譏他失約。這也是激昂派的文章。這都是我朋友親歷的事，我個人也常有相同的經驗，有的因為投稿不登出來，所以認為我沒有人格，欺侮無名作者，所以中國必亡。這習慣要不得的，將來只有貽害自己。大概今日吃苦的商店學徒，禮貌都在大學生之上，人情事理也比青年作家通達。所以我如果有甚麼機關，還是敢用商店學徒，而不敢用激昂派青年。一個人在世上總得學學做人的道理。以上我說這是因為現代青年在家不敬長上失了家教，另一理由便是所謂現代文學的浪漫潮流，情感都是怒放的，而且印刷便利，刊物增加，於是你也是作家，我也是作家，而且文學都是憤慨，結果把人人都罵倒了，只剩他一人在負救國之責任，一人國救不了，責任太重，所以言行中也不時露出憤慨之情調，這也是無可如何的，就是所謂亂世之音。並不是說青年一憤慨，世就會亂起來，是說世已亂了，所以難免有哀怨之音。大概何時中國飛機打到東京去，中國戰艦猛轟倫敦之時，大家也就有了盛世之風，不至處處互相輕鄙互相對罵出氣了。

## 四　唯美派

其次，有所謂唯美派，就是所謂「為藝術而藝術」。這唯美派是假的，所以我不把他算為真正一派。西洋穿紅背心紅褲子之文人，便屬此類。我看不出為藝術而藝術有甚麼道理，雖然也不與主張「為人生而藝術」的人意見相同，不主張唯有宣傳主義的文學，才是文學。

世人常說有兩種藝術，一為為藝術而藝術，一為為人生而藝術。我卻以為只有兩種，一為為藝術而藝術，一為為飯碗而藝術。不管你存意為人生不為人生，藝術總跳不出人生的。文學凡是真的，都是反映人生，以人生為題材。要緊是成藝術不成藝術，成文學不成文學。要緊不是阿 Q 時代過去未過去，而是阿 Q 寫得活靈活現不，寫得活靈活現，就是反映人生。《金瓶梅》你說是淫書，但是《金瓶梅》寫得逼真，所以自然而然能反映晚明時代的市井無賴及土豪劣紳，先別說他是諷刺非諷刺，但先能入你的心，而成一種力量。白居易是為人生而文學者，他看不起嘲風雪、弄花草的詩人，他自評自己的詩，以諷喻詩及閒適詩為上，且不滿意世俗之賞識他的雜律詩——《長恨歌》。諷喻詩，你說是為人生而藝術是好的，但是他的閒適詩，你以為是消沉放逸，但何嘗不是怡養性情、有關人生之作。哀思為人生之一部，怡樂亦人生之一部。白居易有諷喻詩，沒有閒適詩，就不成其為白居易。

因為凡文學都反映人生，所以若是真藝術都可以說是反映人生，雖然並不一定吶喊。所以只有真藝術與假藝術之別，就是為藝術而藝術及為飯碗而藝術。比方照相，有人為照相而照相，有人是為飯碗而照相。為照相而照相是素人，是真得照相之趣；為飯碗而照相，是照相家，是照他人的老婆的相來養自己的老婆。文人走上這路，就未免常要為飯碗而文學，而結果口不從心，只有產生假文學。今天吃甲派的飯，就罵乙派，明天吃乙派的飯，就罵甲派，這叫做想做文人，而不想做人，就是走上陳孔璋之路，也是走上文妓之路。這樣的文人，無論你如何開口救國，閉口大眾，面孔如何莊嚴，筆下如何幽默，必使文風日趨於卑下，在救國之喊聲中，自己已暴露出亡國奴之窮相來。文風卑鄙，文風虛偽，這是真正亡國之音。

## 五　我看人行徑不看人文章

因為有這種種假文學，所以我近來不看人文章，只看人的行徑。這樣把道德與文章混為一談，似乎不合理，但是此中有個分別。創作的文學，只以文學之高下為標準，但是理論的文學，卻要看其人能不能言顧其行。我很看不起阮大鋮[⑦]之為人，但是仍可以喜歡他的《燕子箋》。這等於說

⑦　阮大鋮（1587—1646），明末政治人物、著名戲曲家。明末曾依附閹黨魏忠賢，南明小朝廷時又與權臣馬士英狼狽為奸，對東林、復社文人大加迫害。《燕子箋》是其所作的一部愛情傳奇，頗受好評。

比如我的廚子與人通奸，而他做的點心仍然可以很好吃。一人能出一部小說傑作，即使其人無甚足取，我還是要看。但是在講理與批評滿口道學的文章就不同，其人不足論，則其文不足觀。這就是所謂載道文章最大的危險。一人若不先在品格上、修養上下工夫，就會在文章上暴露其卑劣的品性。現代文人最好罵政客無廉恥，自己就得有廉恥。前幾年福建有地方政府勒收煙苗捐，報上文章大家揮毫痛罵煙毒，說鴉片可以亡國滅種。後來一家報館每月領了七十五元，大家就鴉雀無聲。這樣鼓吹禮義廉恥是鼓吹不來的。輿論的地位是高於政界的，開口罵人亦甚痛快，但是政客一月七十五元就可以把你封嘴，也不見得清高到怎樣地步。文人自己鮮廉寡恥，怎麼配來譏諷政府鮮廉寡恥。你罵政客官僚投機，也得照照自己的臉孔，是不是投機。你罵政府貪污，自己就不要剋扣稿費，不要取津貼，將來中國得救，還是從各人身體力行自修其身救出來的。你罵官僚植黨營私，就得看明你自己是不是狐羣狗黨。你罵資本主義，自己應會吃苦，不要勢利，做騙子。你罵他人讀古書，自己不要教古文、偷看古書。你罵吳稚暉、蔡元培、胡適之老朽，你自己也得打算有吳稚暉、蔡元培、胡適之的地位，能不能有這樣操持。你罵袁中郎消沉，你也得自己照照鏡子，做個京官，能不能像袁中郎之廉潔自守，興利除弊。不然天下的人被你罵完了，只剩你一個人，那豈不是很悲觀的現象？

## 六　文字不好無妨，人不可不做好

這樣說來，文人還做得麼？所以我向來不勸人做文人，只要做人便是。顏之推[⑧]《家訓》中說過：「但成學士，亦足為人；必乏天才，勿強操筆。」你們要明白，不做文人，還可以做人，一做文人，做人就不甚容易。如果不做文人，而可以做人，也算不愧父母之養育、師傅之教訓。子夏所謂賢與不賢，「事父母能竭其力，事君能致其身，與朋友交，言而有信，雖曰未學，吾必謂之學矣。」孔子所謂「行有餘力，則以學文」。可見「行」字重要在文字之上。文做不好有甚麼要緊？人卻不可不做好。

我想行字是第一，文字在其次。行如吃飯，文如吃點心。單吃點心，不吃飯是不行的。現代人的毛病就是把點心當飯吃，文章非常莊重，而行為非常幽默。中國的幽默大家不是蘇東坡，不是袁中郎，不是東方朔，而是把一切國事當兒戲，把官廳當家祠，依違兩可，昏昏冥冥生子生孫，度此一生的人。我主張應當反過來，做人應該規矩一點，而行文不妨放逸些。你能一天苦幹，能認真辦鐵路，火車開準時刻，或認真辦小學，叫學生得實益，到了晚上看看小說，國不會亡的，就是看梅蘭芳、楊小樓[⑨]，甚至到跳舞場擁舞女，國也不會亡。文學不應該過於嚴肅枯燥，過於嚴肅無味，人家就看不下去。因為文學像點心，不妨精雅一點，技巧一點。做人道理卻應該認清。

但是在下還有一句話。我勸諸位不要做文人，因為做

⑧ 顏之推（531—約 595），南北朝時期北朝人，文學家，所著《顏氏家訓》在中國古代家庭教育史上具有重要影響。

⑨ 楊小樓（1878—1938），中國近現代著名京劇武生演員。

文人非遭同行臭罵不可，但是有人性好文學，總要掉弄文墨。既做文人，而不預備成為文妓，就只有一道：就是帶一點丈夫氣，說自己胸中的話，不要取媚於世，這樣身份自會高。要有點膽量，獨抒己見，不隨波逐流，就是文人的身份。所言是真知灼見的話，所見是高人一等之理，所寫是優美動人的文，獨往獨來，存真保誠，有氣骨，有識見，有操守，這樣的文人是做得的。袁中郎說得好：「物之傳者必以質（質就是誠實，不空疏，有自己的見地，這是由思與學煉來的），文之不傳，非不工也；樹之不實，非無花葉也；人之不澤，非無膚髮也。文章亦爾。（一人必有一人忠實的思想骨幹，文字辭藻都是餘事。）行世者必真，悅俗者必媚，真久必見，媚久必厭，自然之理也。」這樣就同時可以做文人，也可以做人。

# 說瀟灑

## 導讀

本文最初發表於 1935 年 2 月 5 日《文飯小品》創刊號。林語堂提倡「性靈」文學，主張藝術創作要以「性靈風骨」為生命。他在本文中正面解釋了「性靈」的含義：「性靈二字並不怎樣玄奧，只是你最獨特的思感、脾氣、好惡、喜怒所集合而成的個性。」他認為：「無論何人總可表示一點逸氣，把真性靈吐露一點出來，不可昏昏冥冥、戰戰兢兢，板起面孔以終世，這樣的人生就無味了，充滿這種人的社會也成了無味的社會。」所以，提倡「瀟灑」，實際上是提倡「性靈」文學。

文學要表現作者的真性情，這是必要的，但是「性靈」卻並非如林語堂所說的那麼狹隘。儘管林語堂也認為袁中郎有「入世出世之兩種矛盾觀念角逐於胸中」，但他着力表彰的卻是「出世」一面，這受到魯迅等人的批駁。魯迅在《招貼即扯》中說：「中郎正是一個關心世道，佩服『方巾氣』人物的人，讚《金瓶梅》，作小品文，並不是他的全部。」魯迅還在《罵殺與捧殺》中指出：袁中郎「這一明末的作家，在文學史上，是自有他們的價值和地位的。而不幸被一羣學者們捧了出來，頌揚，標點，印刷……正如在中郎臉上，畫上花臉，卻指給大家看，嘖嘖讚歎道：『看哪，這多麼「性靈」呀！』對於中郎的本質，自然是並無關係的，但在未經別人將花臉洗清之前，這『中郎』總不免招人好笑，大觸其霉頭。」魯迅的這些觀點，對我們從另一個角度理解「性靈」，不無啟發。

人生永有兩方面：工作與消遣，事業與遊戲，應酬與燕居，守禮與陶情，拘泥與放逸，謹慎與瀟灑。其原因在於人之心靈總是一張一弛，若海之有潮汐，音之有節奏，天之有晴雨，時之有寒暑，月之有晦明。宇宙之生律無不基於此循環起伏之理，所以生活是富有曲線的。袁中郎說的好：「山無嵐則枯，水無波則腐，學道無韻則老學究而已。」（《壽存齊張公七十序》）其在人，發而為狂與狷二派；其在教，發而為儒與道二門；其在文，發而為古典與浪漫二類。此二派人生態度，雖時有風尚之不同，而無論何時何地，卻時時隱伏於我們的心靈中，未嘗舍然泯滅，只是盛衰之氣不同而已。哪一派消滅都是一國的不幸，如在中國，可謂全國是無進取之狷者，所以有這種頹靡不振之現象。即如在中國文學，名為儒家經世派的天下，卻暗地裏全受道家思想的支配 —— 如山林思想，歸田思想，歸真返璞，保和持泰等。有時同在一人的生平，也有入世出世之兩種矛盾觀念角逐於胸中，遠如諸葛亮、孔子、蘇東坡、袁中郎，近如梁漱溟[1]、魯迅便是（魯迅於文學革命之前是在槐樹院裏作一長期自殺者）。

在文學上，這重要區別，可以說是在「工」與「逸」二字。古典文學取工字，浪漫文學取逸字。我常想到中國現代文學，從廣義講是在經過浪漫的時期。在此地，浪漫二字



① 梁漱溟（1893—1988），中國現當代著名思想家、教育家、國學大師、愛國民主人士。

幾乎就是等於解放的意義罷了。凡在經典主義過活的人及社會，其人態度必經過浪漫主義的洗禮，然後可以達到現代西洋文化的階段。以前讀西洋文學史時，最可使我驚異的就是十七八世紀法國的新古典主義與中國古典主義之根本相同，同是在注重用字修辭之「工」，同是標舉格套（即中國之筆法章法，如戲劇之「三一律」，凡越雷池一步便遭人鄙笑），同是多用僻典，同是模仿古文，同是避用俗字（如魚曰「鱗族」the scaly tribe，鳥曰「羽類」the feathery race，天曰「穹蒼」the firmament，月曰「美人」mistress of the sky，簡直與中文一般無二），其結果，又同是桎梏性靈。蔑視天才，縮限題材，而文學之路愈走愈狹。所以如莎士比亞這樣的妙文，竟被（新古典派）埋沒了一百五十年，直至 Lessing ② 出，浪漫潮流開始，才能恢復其盛名，這真可謂咄咄奇事了，但在我們中國何嘗不是如此。我從袁中郎《狂言》中看到明末李卓吾 ③ 已看得起《西廂》，而評點《西廂》，並且推重其本色之美，是推重《西廂》文學價值，金聖歎 ④ 只承李卓吾之遺緒而已。那時袁中郎賞識《金瓶

② Lessing，現通譯為萊辛（1729—1781），德國啟蒙運動時期劇作家、美學家、文藝批評家。萊辛所處的時代為古典主義向浪漫主義的轉折點，將啟蒙運動推向高潮。

③ 李卓吾，即李贄（1527—1602），明末思想家、文學家。他的思想符合明末出現的資本主義萌芽，在思想上提出「童心說」，推崇絕假純真的作品。

④ 金聖歎（1608—1661），明末清初著名的文學批評家，對《水滸傳》、《西廂記》、《左傳》等書都有過評點。

梅》，馮夢龍[5]賞識山歌童謠，及李卓吾之賞識《西廂》，都可說是浪漫文學觀念之開始。浪漫文學都看重「才」字、「逸」字。在西洋十八世紀末葉浪漫文學開始，最風行的就是這「才」字（genius）及「逸」字（romantic）及「幻想」（imagination）。這也沒有甚麼神妙，只是工整的文學必有讀厭之時，及其讀厭，唯有求放逸而已。所以工與逸的轉替，也是這尋常生律起伏之一端而已。

本篇並不是講浪漫文學，而只借此講講人品及文筆之瀟灑。因為人品與文學同是一種道理。講瀟灑，就是講骨氣，講性靈，講才華。謹願者以工，才高者以逸，在做人，在行文，在畫畫，同一道理。若蘇東坡之冠代才華，自然獨往獨來，無窒無礙，以意役法，不以法役意。但是我所要講的是，無論何人總可表示一點逸氣，把真性靈吐露一點出來，不可昏昏冥冥、戰戰兢兢，板起面孔以終世，這樣的人生就無味了，充滿這種人的社會也成了無味的社會。但若只求多壽多福多子混過一世，也不要甚麼性靈，這也未始不可，至於藝術創作卻以此一點性靈風骨為生命。性靈二字並不怎樣玄奧，只是你最獨特的思感、脾氣、好惡、喜怒所集合而成的個性。在洋文，這叫做 Personality，用個性翻還不大好。我們可說某人做人或行文太沒有 Personality，但不能說某人太無個性了 —— 除非我們開始這樣用法。在中文似

⑤ 馮夢龍（1574—1646），明代文學家，編寫過小說集《喻世明言》、《警世通言》、《醒世恆言》及民歌集、笑話集等。

乎說這人太無韻致，太無風味，或太無骨氣，是一種株守成法，依違兩可，喜怒不形於色的人。有個性（風味）的人，你看見就喜歡，因為你看見一點真。在中國我想得有這種個性的人，如以前的徐樹錚⑥，他是一位敢作敢為敢承當的人，雖然他不是怎樣的好人，但是比起奴顏婢膝的人總有人味吧。在文學上，在政治上，在藝術上，我們所要看的就是這一點個性，這一點風味。先從女人說起，可以一直說到文學作風，一貫而下。我們同事有一位女博士，雖然其貌不揚，但她有一種才調，也不僅是所謂應酬手腕而已，雖然我也不承認她是個好人，但是她決不能說是庸俗。在電影上成名的，就男明星來講，有二位最有個性風味的，一就是亞里斯（演 Disraeli Voltaire 之 George Arliss）⑦，一是里昂・巴里摩亞（Lionel Barrymore）⑧，他們的藝術就是瀟灑的藝術，叫你覺得有種引人之魔力，平常講似乎是說「那人很有趣」。電影藝術之高下，就是看你能不能把那不可無一不可有二之瀟灑風味表現出來，表現出來，人家就喜歡。在

---

⑥ 徐樹錚（1880—1925），北洋軍閥皖系將領，因 1919 年派兵收復外蒙古而聲名遠揚，1925 年被馮玉祥部下殺害。

⑦ 亞里斯（演 Disraeli Voltaire 之 George Arliss），現通譯喬治・亞利斯（1868—1946），英國演員，曾獲第三屆奧斯卡男主角獎。主演過電影《迪斯雷利》（Disraeli）。

⑧ 里昂・巴里摩亞（Lionel Barrymore，1878—1954），美國演員、導演、編劇，曾獲第四屆奧斯卡最佳男主角獎。

女的，我不講瑙瑪．希拉（Norma Shearer）[⑨]諸人，而講曼麗．特蘭漱（Marie Dressler）[⑩]，那位忽怒忽喜不拘泥守禮而有一副慈悲心腸的老婆是多麼可愛啊！是的，她臉孔一點不漂亮，但是仍會十分可愛。明這個道理，就會明白所謂性靈文學，所謂瀟灑筆調之魔力。這倒是行文一種祕訣。普天之下莫非食飯遺矢[⑪]之輩，這裏一篇很合聖道，那裏一篇也很合主義，但是聖道主義或則有，作者面孔卻看不到。這就是所謂達到「工整」文學看厭的時候。一人在寫作中，能露出一副真面目，言人所不敢言，言人所不能言，又有他自己個別與眾不同的所謂作風，自然能超越平庸而達到藝術的成功。多半人的作風思想就這樣依樣畫葫蘆的，你要打出這庸俗之範圍，除非打破那無形的格套，脫離那無形的窠臼，才能保存你自己。不能保存你自己，又怎能有動人的力量？我想一人常常看亞里斯、特蘭漱諸人之表演，而體會出其瀟灑的骨氣及風味，便可以懂得做文的所謂個人筆調，因為一切藝術的道理是相同的。

⑨ 瑙瑪．希拉（Norma Shearer，1902—1983），美國演員，曾獲第三屆奧斯卡最佳女主角獎。

⑩ 曼麗．特蘭漱（Marie Dressler），現通譯瑪麗．杜絲勒（1868—1934），加拿大人，在美國演過電影和舞台劇，曾獲第四節奧斯卡最佳女主角獎。

⑪ 矢，同「屎」。

# 記元旦

## 導讀

本文最初發表於 1935 年 2 月 16 日《論語》第 59 期，後收入上海林氏出版社 1941 年版《語堂文存》。

本文寫的是理智與人情、傳統與個性的戲劇衝突，最後人情和傳統戰勝了理智和個性。這是林語堂所提倡的「性靈」在生活中的一次表現。在情感與理智、浪漫與古典、瀟灑與嚴謹之間，林語堂總會選擇前者。他曾説：「天下之事，莫不有其理，莫不有其情，於情未達則理不可通，理是固定的，情是流動的。」本文中的元旦即春節。春節在中國是一個傳統而力量強大的節目，每家每户都會貼春聯、放鞭炮、穿新衣、吃年夜飯。作者在文中説自己對過年不感興趣，想置身於紅火、熱鬧的氛圍之外，但一次次失敗，即使再不想過節，再不遵從傳統，自己實際上已被深深地裹挾其中，無法「獨善其身」。

林語堂為文不講結構，總是縱筆所至，旁逸斜出，但本文結構相當精巧。作者嚴格按照時間順序從早晨寫到傍晚，但對這一天所發生的事情則有所選擇，所有事情都圍繞着春節而展開。在人情與傳統一步步的進攻下，作者的防線最後解體：「寫一篇絕妙文章而失了人之常情有甚麼用處！我抵抗不過鞭炮。」

今天是二月四日，並非元旦，然我已於不知不覺中寫下這「記元旦」三字題目了。這似乎和康有為所說「吾腕有鬼」[1] 歟？我怒目看日曆，明明是二月四日，但是一轉眼，又似不敢相信，心中有一種説不出陽春佳節的意味，迫着人喜躍。眼睛一閉，就看見幼時過元旦放炮、遊山、拜年、吃橘的影子。科學的理智無法鎮服心靈深底的蕩漾。就是此時執筆，也覺得百無聊賴，骨骼鬆軟，萬分痛苦，因為元旦在我們中國向來應該是一年三百六十日最清閒的一天。只因發稿期到，不容拖延，只好帶得硬幹的精神，視死如歸，執起筆來，但是心中因此已煩悶起來。早晨起來，一開眼火爐上還掛着紅燈籠，恍惚昨夜一頓除夕爐旁的情景猶在目前——因為昨夜我科學的理智已經打了一陣敗仗。早晨四時半在床上，已聽見斷斷續續的爆竹聲，忽如野炮遠攻，忽如機關槍襲擊，一時鬧忙，又一時沉寂，直至東方既白，布幔外已透進灰色的曙光。於是我起來，下樓，吃的又是桂圓茶、雞肉麵，接着又是家人來拜年。然後理智忽然發現，説「我的話」還未寫呢。理智與情感鬥爭，於是情感屈服，我硬着心腸走來案前，若無其事地照樣工作了。唯情感屈服是表面上的，內心仍在不安。此刻阿經端茶進來，我知道他心裏在想：「老爺真苦啊！」因為向例，元旦是應該清閒的。我昨天就已感到這一層，這也可見環境之迫人。昨晨起

① 康有為對自己的書法不滿意，認為腕力不夠，不能把想寫的字寫好，就像手腕被鬼牽制一樣。此處形容不由自主之意。

床，我太太說：「Y. T.，你應該換禮服了！」我莫名其妙，因為禮服前天剛換的。「為甚麼？」我質問。「周媽今天要洗衣服，明天她不洗，後天也不洗，大後天也不洗。」我登時明白。元旦之神已經來臨了，我早料到我要屈服的，因為一人總該近情，不近情就成書呆。我登時明白，今天家人是準備不洗、不掃、不潑水、不拿刀剪。這在迷信說法是有所禁忌，但是我最明白這迷信之來源，一句說話，就是大家一年到頭忙了三百六十天，也應該在這新年享一點點的清福。你看中國的老百姓一年的勞苦，你能吝他們這一點清福嗎？

這是我初次的失敗。我再想到我兒時新年的快樂，因而想到春聯、紅燈、鞭炮、燈籠、走馬燈等。在陽曆新年，我想買，然而春聯、走馬燈之類是買不到的。我有使小孩失了這種快樂的權利嗎？我於是決定到城隍廟一走，我對理智說，我不預備過新年，我不過要買春聯及走馬燈而已。一到城隍廟不知怎的，一買走馬燈也有了，兔燈也有了，國貨玩具也有了，竟然在歸途中發現梅花、天竹也有了。好了，有就算有。梅花不是天天可以賞的嗎？到了家才知道我水仙也有了，是同鄉送來的，而碰巧上星期太太買來的一盆蘭花也正開了一莖，味極芬芳，但是我還在堅持我決不過除夕。

「晚上我要出去看電影。」我說。「怎麼？」我太太說。「今晚某君要來家裏吃飯。」我恍然大悟，才記得有這麼一回事。我家有一位新訂婚的新娘子，前幾天已經當面約好新郎某君禮拜天晚上在家裏用便飯。但是我不準備吃午夜飯。我聞着水仙，由水仙之味，想到走馬燈，由走馬燈，想到吾鄉的蘿葡粿（年糕之類）。

「今年家裏沒人寄蘿蔔粿來。」我慨歎地說。

「因為廈門沒人來，不然他們一定會寄來。」我太太說。

「武昌路廣東店不是有嗎？三四年前我就買過。」

「不見得吧！」

「一定有。」

「我不相信。」

「我買給你看。」

三時半，我已手裏提一簍蘿蔔粿乘一路公共汽車回來。

四時半肚子餓，炒蘿蔔粿。但我還堅持我不是過除夕。

五時半發現五歲的相如穿了一身紅衣服。

「怎麼穿紅衣服？」

「黃媽給我穿的。」

相如的紅衣服已經使我的戰線動搖了。

六時發現火爐上點起一對大紅蠟燭，上有金字是「三陽開泰」、「五色文明」。

「誰點紅燭？」

「周媽點的。」

「誰買紅燭？」

「還不是早上先生自己在城隍廟買的嗎？」

「真有這回事嗎？」我問。「真是有鬼！我自己還不知道呢！」

我的戰線已經動搖三分之二了。

那時燭也點了，水仙正香，兔燈、走馬燈都點起來，爐火又是融融照人顏色。一時炮聲東南西北一齊起，震天響的炮聲，像向我靈魂深處進攻。我是應該做理智的動物呢，還是應該做近情的人呢？但是此時理智已經薄弱，她的聲音是很低微的。這似乎已是所謂「心旌動搖」的時候了。

我向來最喜鞭炮，抵抗不過這炮聲。

「阿經，你拿這一塊錢買幾門天地炮，餘者買鞭炮。要好的，響的！」我赧顏地說。

我寫不下去了。大約昨晚就是這樣過去。此刻炮聲又已四起，山野炮零散的轟聲又變成機關槍的襲擊聲。我向來抵抗不過鞭炮。黃媽也已穿上新衣戴上紅花告假出門了。我聽見她關門的聲音，我寫不下去了。我要就此擲筆而起。寫一篇絕妙文章而失了人之常情有甚麼用處！我抵抗不過鞭炮。

# 中國的國民性

## 導讀

本文為作者 1935 年 5 月 27 日在上海大夏大學進行演講的演講稿，載於 1935 年 7 月 20 日《人間世》第 32 期。對於中國國民性的批判，是「新文化運動」後知識界的一個核心主題。魯迅在其小說和雜文中，以阿 Q 等人物形象為典型，對中國人的虛榮、健忘、奴隸心態等劣根性進行了猛烈批評。直到他逝世前不久，「還在希望有人翻出斯密斯的《支那人氣質》來。看了這些，而自省，分析，明白那幾點說的對，變革，掙扎，自做工夫，卻不求別人的原諒和稱讚，來證明究竟怎樣的是中國人」。

作為魯迅多年的朋友和論敵的林語堂，自認為最大的長處在能對外國人講中國文化，對中國人講外國文化。這篇演講是對中國人講中國文化。他以豐富的中西文化知識，概括了中國文化的三大弱點：「忍耐性、散漫性及老猾性。」當期的《人間世》在本文後注明：「老猾性一段，因篇幅已長，略。」在討論「忍耐性」時，林語堂說：「所以西人來華傳教，別的猶可，若是白種人要教黃種人忍耐和平無抵抗，這簡直是太不自量而發熱昏了。」林語堂從小生長在基督教家庭，這段對基督教的認識或許有親身體驗在其中。「散漫性」固然是中國人長期以來的顯著缺點，但解決之道卻不僅僅在於文化：「要中國人不像一盤散沙，根本要着，在給與憲法人權之保障。」這一認識非常到位。林語堂談到中國的國民性，今天仍值得我們思考。

## 一

中國向來稱為老大帝國。這「老大」二字有深義存焉，就是既老且大。「老」字易知，「大」字就費解而難明瞭。所謂「老」者，第一義就是年老之老。今日小學生無不知中國有五千年的歷史，這實在是我們可以自負的。無論這五千年中是怎樣混法，但是五千年的的確確被我們混過去了。一個國家能混過上下五千年，無論如何是值得敬仰的。國家與人一樣，總是貪生想活，與其聰明而早死，不如糊塗而長壽。中國向來提倡敬老之道，老人有甚麼可敬呢？是敬他生理上的一種成功，抵抗力之堅強，別人都死了，而他偏還活着。這百年中，他的同輩早已逝世，或死於水，或死於火，或死於病，或死於匪，災旱寒暑攻其外，喜怒憂樂侵其中，而他能保身養生，終是勝利者。這是敬老之真義。敬老的真諦，不在他德高望重，福氣大，子孫多，倘使你遇道旁一個老丐，看見他寒窮，無子孫，德不高望不重，遂不敬他，這不能算為真正敬老的精神。所以敬老是敬他的壽考而已。對於一個國家也是這樣。中國有五千年連綿的歷史，這五千年中多少國度相繼興亡，而它仍存在；這五千年中，它經過多少的旱災水患，外敵的侵凌，兵匪的蹂躪，還有更可怕的文明的遺毒，假使在於神經較敏銳的異族，或者早已滅亡，而中國今日仍然存在，這不能不使我們讚歎的。這種地方，只可意會，不可言傳。同時「老」字還有旁義，就是「老氣橫秋」、「臉皮老」之老，人越老，臉皮總是越厚。中國這個國家，年齡比人家大，臉皮也比人家厚。年紀一大，也就以老賣老，榮辱禍福都已置諸度外，不甚為意。張山來[1]說得好：「少年人須有老成人之識見，老成人須有少年人之襟懷。」就是說少年識見不如老輩，而老輩襟懷不如少年。少年人志高氣揚，鵬程萬里，不如老馬之伏櫪就羈。所以孔子是非常反對老年人之狀態的。一則曰「不知老之將至」，再則曰「老而不死是為賊」，三則曰「及其老也，戒之在得」。「戒之在得」是罵老人之貪財，容易患了晚年失節之過。俗語說「鴇兒愛鈔，姐兒愛俏」，就是孔子的意思。姐兒是講理想主義者，鴇兒是講寫實主義者。

「大」是偉大之義。中國人誰不想中國真偉大啊！其實稱人偉大，就是不懂之意。以前有黑人進去聽教師講道，人家問他意見如何，他說「偉大啊」。人家問他怎樣偉大，他說「一個字也聽不懂」。不懂時就偉大，而同時偉大就是不可懂。你看路上一個同胞，或是洗衣匠，或是裁縫，或是黃包車夫，形容並不怎樣令人起敬起畏。然而你試想想他的國度曾經有五千年歷史，希臘羅馬早已亡了，而它巍然獲存。他所代表的中國，雖然有點昏沉老耄，國勢不振，但是它有綿長的歷史，有古遠的文化，有一種處世的人生哲學，有文學、美術、書畫、建築足與西洋媲美。別人的種族，經過幾百年文明，總是腐化。中國的民族還能把河南猶太民族吸收同化。這是西洋民族所未有的事。中國的歷史比他國有更長

① 張山來，即張潮（1650—？），清代著名的文學家、小說家、刻書家，曾創作《幽夢影》、《虞初新志》等作品。

的不斷的經過，中國文化也比他國能夠傳遍較大的領域。據實用主義的標準講，它在優勝劣敗之戰場上是勝利者，所以這文化，雖然有許多弱點，也有競存的效果。所以你越想越不懂，而因為不懂，所以你越想中國越偉大起來了。



二

老實講，中國民族經過五千年的文明，在生理上也有相當的腐化，文明生活總是不利於民族的。中國人經過五千年的叩頭、請安、揖讓、跪拜，五千年說「不錯，不錯」，所以下巴也縮小了，臉龐也圓滑了。一個民族五千年中專說「啊！是的，是的，不錯，不錯」，臉龐非圓起來不可。江南為文化之區，所以江南也多小白臉。最容易看出的是毛髮與皮膚。中國女人比西洋婦人皮膚嫩，毛孔細，少腋臭，這是誰都承認的。

還有一層，中國民族所以生存在現在，也一半靠是外族血脈的輸入，不然今日恐尚不止此頹唐萎靡之勢。今日看看北方人與南方人的體格便知此中的分別。（南人不必高興，北人不必着慌，因為所謂「純粹種族」在人類學上承認是等於「神話」，今日國中就沒人能指出誰是「純粹中國人」。）中國歷史，每八百年必有王者興，其興不是因為王者，是因為新血之加入。世界沒有國家經過五百年以上而不變亂的；其變亂之源就是因為太平了四五百年，民族就腐化，戶口就稠密，經濟就窮窘，一窮就盜賊瘟疫相繼而至，非革命不可。所以每八百年的週期中，首四五百年是太平的，後二三百年就是內亂兵匪，由兵匪起而朝代滅亡，始而分裂，繼而遷都，南北分立，終而為外族所克服，克服之後，有了新血脈然後又統一，文化又昌盛起來。周朝八百年是如此。先統一後分裂。再後楚併諸侯，南方獨立，再後滅於秦。由秦至隋也是約八百年一期，漢晉時比較統一，到了東晉便五胡亂華，到隋才又統一。由隋至明也是約八百年，始而太平，國勢大振，到南宋而式微，到元而滅。由明到清也是一期，太平五百年已過，我們只能希望此後變亂的三百年不要開始，這曾經有人做過很詳細的統計。總而言之，北方人種多受外族的混合，所以有北方之強，為南人所無。你看歷代建朝帝王都是出於長江以北，沒有一個出於長江以南。所以中國人有句話，叫做，吃麪的可以做皇帝，而吃米的不能做皇帝。曾國藩不幸生於長江之南，又是湖南產米之區，米吃太多，不然早已做皇帝了。再精細考究，除了周武王、秦始皇及唐太祖生於西北隴西以外，歷朝開國皇帝都在隴海路附近，安徽之東，山東之西，江蘇之北，河北之南。漢高祖生於江北，晉武帝生河南，宋太祖出河北，明太祖出河南。所以江淮盜賊之藪，就是皇帝發祥之地。你們誰有女兒，要求女婿或是要學呂不韋找邯鄲姬生個皇帝兒，求之隴海路上之三等車中，可也。考之近日武人，山東出了吳佩孚②，張

② 吳佩孚（1874—1939），山東人，民國時期直系軍閥首領。

宗昌[3]，孫傳芳[4]，盧永祥[5]，河北出了齊燮元[6]，李景林[7]，張之江[8]，鹿鍾麟。河南出一袁世凱，險些兒就登了龍座，安徽也出了馮玉祥[9]，段祺瑞[10]。江南向來沒有產過名將，只出了幾個很好的茶房。

## 三

但是雖有此南北之分，與外族對立而言，中國民族尚不失為有共同的特殊個性。這個國民性之來由，有的由於民種，有的由於文化，有的是由經濟環境得來的。中國民族也有優點，也有劣處，若儉樸，若愛自然，若勤儉，若幽默，若好的且不談，談其壞的。為國與為人一樣，當就壞處着想，勿專談己長，才能振作。有人要談民族文學也可以，但是誇張輕狂，不自檢省，終必滅亡。最要是研究我們的弱點

---

③ 張宗昌（1881—1932），山東人，民國時期奉系軍閥頭目之一，綽號「混世魔王」、「狗肉將軍」等。

④ 孫傳芳（1885—1935），山東人，民國時期直系軍閥領導人之一。

⑤ 盧永祥（1867—1933），山東人，清末民初軍事將領。

⑥ 齊燮元（1879—1946），河北寧河（今屬天津市）人，民國時期直系軍閥要人。

⑦ 李景林（1885—1931），河北人，清末民初軍事將領、武術家。

⑧ 張之江（1882—1966），河北人，國民黨西北軍系統的著名愛國將領、國民革命軍陸軍上將。

⑨ 馮玉祥（1882—1948），安徽人，民國軍閥、西北軍領袖、國民革命軍陸軍上將。

⑩ 段祺瑞（1865—1936），安徽人，民國時期政治家、皖系軍閥首領，曾多次出任國務總理。

何在，及其弱點之來源。

我們姑先就這三個弱點：忍耐性、散漫性及老猾性，研究一下，並考其來源。我相信這些都是由一種特殊文化及特殊環境的結果，不是上天生就華人，就是這樣忍辱含垢，這樣不能團結，這樣老猾奸詐。這有一方法可以證明，就是人人在他自己的經歷，可以體會出來。本來人家説屁話，我就反對，現在人家説屁話，我點首稱善曰：「是啊，不錯不錯。」由此度量日宏而福澤日深。在他人看來，説是我的修養工夫進步。不但在我如此，其實人人如此。到了中年的人，若肯誠實反省，都有這樣修養的進步。二十歲青年都是熱心國事，三十歲的人都是「國事管他娘」。我們要問，何以中國社會使人發生忍耐、莫談國事及八面玲瓏的態度呢？我想含忍是由家庭制度而來，散漫放逸是由於人權沒有保障，而老猾敷衍是由於道家思想。自然各病不只一源，而且其中各有互相關係；但為講解得清楚便利，可以這樣暫時分個源流。

忍耐、和平，本來也是美德之一。但是過猶不及，在中國忍辱含垢、唾面自乾已變成君子之德。這忍耐之德也就成為中國民之專長。所以西人來華傳教，別的猶可，若是白種人要教黃種人忍耐和平無抵抗，這簡直是太不自量而發熱昏了。在中國，逆來順受已成為至理名言，弱肉強食也幾乎等於天理。貧民遭人欺負，也叫忍耐，四川人民預繳三十年課稅，結果還是忍耐。因此忍耐乃成為東亞文明之特徵。然而愈「安排吃苦」愈有苦可吃。假如中國百姓不肯這樣地安排吃苦，也就沒有這麼許多苦吃。所以在中國，貪官剝削小百姓，如大魚吃小魚，可以張開嘴等小魚自己游進去，不但毫不費力，而且甚合天理。俄國有個寓言，説一日有小魚反對大魚的殲滅同類，就對大魚反抗，説：「你為甚麼吃我？」大魚説：「那麼，請你試試看，我讓你吃，你吃得下去麼？」這大魚的觀點就是中國人的哲學，叫做守己安分。小魚退避大魚謂之「守己」，及退避不及游入大魚腹中謂之「安分」。這也是吳稚暉生所謂「相安為國」，你忍我，我忍你，國家就太平無事了。

這種忍耐的態度，我想是由大家庭生活學來的。一人要忍耐，必先把脾氣練好，脾氣好就忍耐下去。中國的大家庭生活，天天給我們習練忍耐的機會，因為在大家庭中，子忍其父，弟忍其兄，妹忍其姊，姪忍叔，婦忍姑，妯娌忍其妯娌，自然成為五代同堂團圓局面。這種日常生活磨煉影響之大，是不可忽略的。這並不是我造謠。以前張公藝[11]九代同堂，唐高宗到他家問他何訣，張公藝只請紙筆連寫一百個「忍」字。這是張公藝的幽默，是對大家庭制度最深刻的批評，後人不察，反拿百忍當傳家寶訓。自然這也有道理。其原因是人口太多，聚在一處，若不容忍，就無處翻身，在家在國，同一道理。能這樣相忍為家者，自然也能相安為國。

在歷史上，我們也可以證明中國人明哲保身莫談國事決非天性。魏晉清談，人家罵為誤國。那時的文人，不是

---

⑪ 張公藝（578—676），中國古代長壽老人。歷北齊、北周、隋、唐四代，壽九十九歲。

隱逸，便是浮華，或者對酒賦詩，或者煉丹談玄，而結果有「永嘉之亂」[12]算是中國人最消極最漠視國事之一時期，然而何以養成此普遍清談之風呢？歷史的事實，可以為我們的明鑒。東漢之末，士大夫並不是如此的。太學生三萬人常常批評時政，是談國事，不是不談的。然而因為沒有法律的保障，清議之權威抵不過宦官的勢力，終於有「黨錮之禍」[13]之士，大遭屠殺，或流或刑，或夷其家族，殺了一次又一次。於是清議之風斷，而清談之風成，聰明的人或故為放逸浮誇，或沉湎酒色，而達到《酒德頌》[14]期。有的避入山中，蟄居小屋，由窗户傳食；有的化為樵夫，求其親友不要來訪問，以避耳目。「竹林七賢」[15]出，而大家以詩酒為命。劉伶出門帶一壺酒，叫一人帶一鐵鍬，對他説「死便埋我」，而時人稱賢。賢就是聰明，因為他能佯狂，而得善終。時人佩服他，如小龜佩服大龜的龜殼堅實。

---

⑫ 「永嘉之亂」，西晉時朝政腐敗，匈奴貴族劉淵、石勒等人攻破西晉首都洛陽，俘虜晉懷帝，殺王公及士兵百姓三萬餘人，史稱「永嘉之亂」。

⑬ 「黨錮之禍」，東漢桓帝、靈帝時，士大夫對宦官亂政的現象不滿。宦官以「黨人」罪名禁錮士人，並兩次誅殺士大夫，史稱「黨錮之禍」。

⑭ 《酒德頌》，原為魏晉時期「竹林七賢」之一劉伶（約 221—300）所作的一篇文章，文中代指士大夫為了逃避殘酷的現實，佯狂飲酒，以酒後狂言發泄對時政的不滿。

⑮ 竹林七賢，魏正始年間（240—249），嵇康、阮籍、山濤、向秀、劉伶、王戎及阮咸七人，常在當時的山陽縣（今河南輝縣、修武一帶）竹林之下，喝酒、縱歌，肆意酣暢。由於當時的血腥統治，作家的寫作手法隱晦曲折。

所以要中國人民變散漫為團結，化消極為積極，必先改此明哲保身的態度；而要改明哲保身的態度，非幾句空言所能濟事，必改造使人不得不明哲保身的社會環境，就是給中國人民以公道法律的保障，使人人在法律範圍以內，可以各開其口，各做其事，各展其才，各行其志，不但掃雪，並且管霜[16]。換句話說，要中國人不像一盤散沙，根本要着，在給與憲法人權之保障。但是今日能注意到這一點道理，真正參悟這人權保障與吾人處世態度互相關係的人，真寥如晨星了。

---

⑯ 指中國俗諺「只掃自家門前雪，莫管他人瓦上霜」。

# 說本色之美

## 導讀

本文最初刊載於 1935 年 7 月 3 日《文飯小品》第 6 期。

林語堂認為，中國的「文章實在太難，宣言有宣言文，書面有書面文，啟事有啟事文，議論有議論文，其中有筆法，有體裁，有古董，有典故，有聲韻，外人切切不敢問津。」他受晚明小品文作家袁中郎、李卓吾、徐文長、金聖歎等人的啟發，證之以自己的讀書經驗，認為這樣的文章，「失生氣，失本色，而日趨迂腐萎靡」，所以提倡本色之美，「蓋做作之美，最高不過工品、妙品，而本色之美，佳者便是神品、化品，與天地爭衡，絕無斧鑿痕跡」。

其實，中國有兩種傳統美學觀念，按著名美學大師宗白華所說，即「初發芙蓉」與「錯彩鏤金」。「初發芙蓉」即白賁之美，是中國藝術所追求的最高境界。宗白華說：「中國人的建築，在正屋之旁，要有自然可愛的園林；中國人的畫，要從金碧山水，發展到水墨山水；中國人作詩作文，要講究『絢爛之極，歸於平淡』。所有這些，都是為了追求一種較高的藝術境界，即白賁的境界。」

林語堂所提倡的本色之美，正是宗白華所謂的「初發芙蓉」、白賁之美，這是中國歷代藝術家追求的最高境界。而林語堂所批評的有各種講究的「做文章」，因斧鑿痕跡太重，事實上也一直被中國藝術家所鄙視。

文章，文章，二字害人不淺。我想中國詩文的地位與西洋正相反。在中國，詩詞之深入吾人的生活較普遍，而文章二字反足使普通人卻走；在西洋，文章並不如中國之玄妙，而韻文之賞鑒反限於少數文人。這是以東西相比言之，若單論本國，自然也是作文比作詩普遍，能文比能詩者多。然而就詩而論，中國不但取士用詩，楹聯巧對也用詩，射覆[①]酒令也用詩，墨盒刻字也用詩，畫家題畫也用詩，才女擇婿也用詩，毛廁題字也用詩——這些種種是西方所無，所以說詩之深入吾人生活比在西洋普遍。況用中國文人全集一翻，總是五七律絕佔了一半，更非西洋文集所有的現象。詩之好壞且勿論，然一人在花前月下佔了兩韻佳句，登臨旅次，偶爾吟成一絕，總是怡養性情，是好不是壞。

至於文，便不然。以中國與西洋相比，中國文章已成為文人階級之專有品。若非操筆墨生涯者，必不敢過問，也不肯過問。故中國銀行家不撰文，懸壺行醫者不撰文，實業大家不撰文，甚至連政治家也不撰文。一說撰文，便是祕書文牘之事。蓋一則銀行實業政治各界一聞文章二字，則顧而卻走，哪敢動筆；二則文章實在太難，宣言有宣言文，書面有書面文，啟事有啟事文，議論有議論文，其中有筆法，有體裁，有古董，有典故，有聲韻，外人切切不敢問津。所以做一總督，也得靠一位郝先生飯碗才保得住，聖眷才見日隆。

① 射覆，一種遊戲，在甌盂器具下覆蓋某一物件，讓人猜測裏面是甚麼東西。

這都是因為中國文言之難，及文學觀念之誤。此刻原因且不講，但講結果，結果是這樣的：（一）外國實業大家也要著書，如福特[2]便是，中國實業家就未嘗夢想過著書。雖然福特著作未必是親筆，然而也不見得非一半由自己口述，書記筆錄，再加修飾的。所以外國出版界，內容比我們豐富。（二）政治家常有著作，如伯興大將，勞易·喬治，顧立治，托洛斯基，都有洋洋巨著，將政治生活記錄下來，有敘事，有議論，對於一時政治，有重要的剖析。中國政治家便不見有同類著作了。此中原因，除視文學為畏途外，一方是因為懶，又一方因為中國社會尚面子，尚虛偽，大家沒有恕道，怕得罪人，也實在容易得罪人。（三）雜誌文在西洋，不定是文人撰著，很多是各界人士本其人生經驗或職業經驗說話，救火隊長敘述救火方法，航空署長敘述航空危險性，書店編輯敘述書店黑幕。在中國，如有雜誌編輯請航空署長賜文，則其文必交由能文的祕書代作無疑，而祕書所作又必是八股無疑，如「航空者，今日救國之第一要策也」云云。

最後而最壞的結果，是使文學脫離人生，虛而不實。宣言等文既有專家代庖，專家必做得篇篇「得體」，既然「得體」便是「應說盡說」，便非「心頭所要說」，便是「你未說我先知你要說」，故無一句老實話，倘使有人於此倡言，文章不必得體，只需說老實話，務必使文學去浮言，重實質，而接近人生，幕僚師爺之飯碗也許要敲碎，但吾人可

② 福特，指美國福特汽車公司創始人亨利·福特（1863—1947）。

多講實話，少聽放屁，舉凡車行藥販經理皆敢為文，而一般文字範圍得以放寬，內容可以豐富。這是一種好的現象。現行西洋名著，多非文人所作，或流浪者（Autobiography of a Super-Tramp），或探險家（Trader Horn），或江湖豪傑（Revolt in the Desert）等所作，甚有文理不順而文章魔力極大者。我是最惡文人包辦文學的。須知文人對於書本以外，全是外行，故做文非抄書不行，況且書本範圍以內，書讀通的人也實寥如晨星。只許這班人為文，則文風尤趨於萎弱、模仿、浮泛、填塞。欲救此弊，非把文學範圍放寬，而提倡本色美不可。

其實在純文學立場看來，文學等到成為文人的專有品，都已不是好東西了。歷朝文體，皆起於民間，一到文人手裏，即失生氣，失本色，而日趨迂腐萎靡。《國風》之詩，本非文人所作，所以甚好。好好的楚辭，也越久越不像樣，而淪為賦。賦被文人弄壞，於是有樂府，以後詩詞戲曲的興滅隆替，都是如此。到了明末，像馮夢龍、袁中郎倒看得起一般民謠山歌，以為在文人所作詩文之上。就是最好的小說，如《水滸》之類，一半也是民間之創作，一半也是因為作者懷才不遇，憤而著者自遣，排棄一切古文章筆法，格調老套，隱名撰著，不當文學只當遊戲而作的。

所以袁中郎、李卓吾、徐文長[3]、金聖歎等皆提倡本色之

---

③ 徐文長，即徐渭（1521—1593），明代書畫家、戲曲家、軍事家，在文學藝術上具有很多方面成就。

美。其意若曰，若非出口成章便不是好詩，若非不加點竄，便不是好文。金聖歎謂詩者心頭之一聲而已；心頭一聲有文學價值（如「悠然見南山」、「舉頭見明月」、「衣沾不足惜」之類），唸出便是天下第一妙文；心頭一聲本無文學價值，任汝如何潤飾，皆無用也。

吾深信此本色之美。蓋做作之美，最高不過工品、妙品，而本色之美，佳者便是神品、化品，與天地爭衡，絕無斧鑿痕跡。近譯《浮生六記》④，尤感覺此點。沈復何嘗有意為文？何嘗顧到甚麼筆法波瀾？只是依實情實事，一句一句一段一段寫下來，而結果其感人魔力，萬非一般有意摹寫者所能望其肩背。稱之為化工，也未嘗不可。文人稍有高見者，都看不起堆砌辭藻，都漸趨平淡，以平淡為文學最高佳境；平淡而有奇思妙想足以運用之，便成天地間至文。《論語》平淡，《孟子》亦平淡，子路出，子貢入，有何文法可言？「挾泰山以超北海」，亦是孟子順口瞎扯，何嘗學甚麼人來？今人若沒有寫過「挾泰山以超北海」，「為長者折枝」，驟然以之入文，便自覺鄙陋，把它刪掉。這種人還配談文嗎？

所以孔子說，辭達而已矣，就是意思叫你把心頭話用最適當、最達意方法表出。識破此理，一概《作文講話》皆不必讀。

④ 《浮生六記》，清代沈復所作。主要記述了自己和妻子陳芸真摯的情感，感人至深。

要緊看你有話可講否？有話可講，何必飾他？無話可講，何必說他？有話可講，何必修他？無話可講，何不丟他？說而不飾，丟而不修，是為天籟。

# 無花薔薇

## 導讀

魯迅在 1926 年曾寫下了《無花的薔薇》、《無花的薔薇（二）》兩篇雜文，這兩篇雜文包括 19 組短小精悍的短文，既有對當時文壇醜陋現象的抨擊，也有對段祺瑞軍政府的憤怒揭發。所謂「無花的薔薇」，來自德文版《叔本華全集》第六卷《比喻、隱喻和寓言》中的「無刺的薔薇是沒有的。——然而沒有薔薇的刺卻很多」。魯迅將它詩意地譯成「無花的薔薇」。這 19 組模仿尼采箴言體的短文，正如題名所說，有刺無花，是對惡勢力的匕首和投槍。曾跟魯迅並肩戰鬥的林語堂，也曾使用雜文這種武器，猛力向惡勢力進行攻擊。這些文章後來收到他的《剪拂集》裏。

但林語堂創辦《論語》雜誌，提倡「幽默」之後，與魯迅的關係逐漸疏遠。魯迅不贊成林語堂的幽默小品，認為不是那個時代所需要的。林語堂對於魯迅的雜文也逐漸有了微辭。本文雖然客氣地說：「如魯迅先生諷刺得好的文章，雖然『無花』也很可看。」但其實並不欣賞。「唯有無花的薔薇，滿枝是刺，雖然也有雄赳赳革命之勢，且刺傷人是旁人可以顧而樂之，但因終究不見開花，看刺到底不能過癮，結果必連根帶幹拔而除之。」林語堂又為自己提倡幽默小品進行辯護，「但辦雜誌不同。雜誌，也可有花，也可有刺，但單叫人看刺是不行的。」是否果然如此，倒是仁者見仁的問題。

世上有有刺有花的薔薇，也有無花有刺的薔薇。但是有花有刺的薔薇，人皆樂為種植，偶然被刺，皮破血流，總因愛其花之美麗而憐惜之。唯有無花的薔薇，滿枝是刺，雖然也有雄赳赳革命之勢，且刺傷人是旁人可以顧而樂之，但因終究不見開花，看刺到底不能過癮，結果必連根帶幹拔而除之。因為無花有刺之花，在生物學上實屬謬種，且必元氣不足也。在一人作品，如魯迅先生諷刺得好的文章，雖然「無花」也很可看。但辦雜誌不同。雜誌，也可有花，也可有刺，但單叫人看刺是不行的。雖然肆口謾罵，也可助其一時銷路，而且人類何以有此壞根性，喜歡看旁人刺傷，使我不可解，但是普通人刺看完之後，也要看看所開之花怎樣？到底世上看花人多，看刺人少，所以有刺無花之刊物終必滅亡。我這樣講，雖然我不是贊成有花無刺之薔薇。

# 論握手

## 導讀

本文最初發表於 1935 年 9 月 16 日《論語》第 72 期。

林語堂「兩腳踏中西文化，一心評宇宙文章」，通過小品文嬉笑怒罵、針砭時弊，進行社會批評和文明批評，不僅批評中國的傳統陋俗，也批評西方的繁文縟節。他不喜歡中國文人談話繞彎子，寫文章起承轉合，他也不喜歡西方社會的握手禮。林語堂見多識廣，知識豐富，在文章開篇介紹了免冠禮、握手禮的來源。這兩種禮節來源於中世紀，綠林豪傑和封建勇士脱掉頭盔鐵套，表示對來者並無敵意。後來沿襲下來，成為免冠握手之禮。但林語堂認為，握手之禮從衛生、美感、社交等角度來看其實都應反對，免冠禮更加麻煩，在日常生活中造成諸多不便。

林語堂着重批評這兩種禮節，其實有更大的蘊意：「實則人類習俗相沿，類多不可以理喻。況乖謬不通之事，大如外交政治，小如學校教育，比比皆是，不僅限於應酬小節。」言下之意，是規勸人們拋棄各種陳規陋習，順應時代社會發展。禮節是為人的舒適和方便服務的，現代人應該成為禮節的主人，而不應該成為禮節的奴隸。

東西文化不同之點甚多，而握手居其一。西人見面互相握手，華人見面握自己手。我想西人最可笑的習慣，就莫如握手這一端。西方文明，我能了解，西方習俗，我也很多贊成，外國哲學、美術都還不錯，甚至外國香水、絲襪以及戰艦，我都承認比中國貨強，只有西人何以今日尚保存這握手的野蠻習慣，我至此不能了解。我知道西方社會也有人反對這種習慣，如同有人反對戴帽、戴領一樣。但是這只限於一部分人，於普通社會無甚影響，大部分的人總以為這種小事，聽之罷了，何必小題大做？我就是喜歡注意這種士君子所不屑談的小問題的一人。西人行之，尚有則可，東施效顰，真可不必，但事已至此，積重難返，已有萬難挽回之勢了。所以實際上，雖明知這習慣之野蠻不合理，也唯有吾從眾，只不過每握手時心裏委實難過，在此地說說罷了。

稍有研究西方風俗史的人，都知道免冠、握手是發源於中世紀野蠻時代。其時綠林豪傑及封建勇士，天天比馬賽劍，頭戴的是銅盔，腰佩的是利劍，手帶的是鐵套。銅盔之前有活動的面部，叫做 Vizor，仇敵來面部便放下，朋友來便掀起，或者全盔免去，以示並無敵意，免冠之源始於此。再仇敵來手便按劍，朋友來便脫去鐵手套，與之握手，同樣的表示我右手並不在按劍想殺你，握手之源始於此。現代人既不戴盔又不佩劍兼無鐵手套，見面還是大家表示並不準備相殺，實在太無謂了。社會禮俗本來是守舊性的，以故沿襲至今，不思之甚也。

我所以反對握手，大約可分衛生上、美感上及社交上的三種理由。你想兩人相遇，出手為質，或者男女授受，這其中有多少不同的疾徐、輕重、久暫的變化，假使有人要取美國博士學位，盡可寫一篇《握手種類之不同及時間狀態之比較的研究》為博士論文，可就時間之久暫，用力之重輕，乾濕之程度，心理之反應，肉感之強弱，作種種分析比較，再研討兩方性別及高度之不同的配合（分「第一類甲種之三C」，「第二類丙種之五 E」等），皮膚之粗細與其人職業上之關係，乾濕之程度與情感之敏鈍等等。假如某君記得多算幾個百分之數，多畫幾張高度表，博士固囊中物也，只要他肯寫得十分艱澀無味。

先說我反對握手之衛生上的理由。你看西人坐上海電車，看見銅板，避之若浼，《字林西報》[①] 上通信欄，我就看見有人說這臭銅板簡直就是病菌之巢穴、致病之媒介。然而西人何以見了阿貓阿狗便不妨與之拉手？難道他敢相信阿貓阿狗沒有摸過這臭銅板嗎？甚焉者，有時看見癆病鬼咳嗽時很衛生將手掩口，咳完即伸手與你握別。所以吾中華各人自握其手，實較合於科學原理。拱手之源，我雖然未考，但是由醫學上、衛生上講比握手文明，這是誰也不能否認的。

其次，談談美感上及社交上的理由。手者，人身上最靈活、最敏感之一器官也。故握手之變化極多。你把一隻手交給對方，對方要握多少時，要使多少勁，都不得由你自主，一概在對方之掌握中了。最重的莫如青年會幹事之握手式。

① 《字林西報》，清末民國期間英國人在中國出版的歷史最悠久的英文報紙。

他左手拍你肩膀，右手狠狠地握你一把；握了之後，第二步便是所謂一頓，頓得你全身動搖，筋瘦骨散。假如他會打棒球（青年會幹事很有這可能），那手便更可怕，只要輕輕一頓，叫你啼笑皆非，頓了之後，第三步他得意地向你微笑，呼你老林老陳，共意若曰：「現在你打算怎麼了？你逃得了麼？還是好好買一張甚麼入場券吧，入查經班吧，不然我這手定然不放。」在這種情形之下，你如是識時務之俊傑，荷包自然就掏出來了。

由青年會式以至於閨媛式，其間等差級類，變化多端，毋庸細別。有的不輕不重不疾不徐，只是奉行故事而已，全無意義了。有的手未伸而先縮，握未住而先逃，若甚不自然。有的閨媛坐在沙發上，頭也不轉，只輕輕舉起兩隻指末，毫無待握之意，只是叫你看她的蔻丹指甲罷了。總而言之，此中光景時新，世態畢露，有示威者，有囁嚅者，有意志堅強者，有依違兩可者，有避之若浼者，有留之不放者，有急，有緩，有乾，有濕，有久，有暫，有剛，有柔，有率直，有圓滑，有誠摯，有虛偽，有愛情，有冷淡，有電流，有汗穢，有人情冷暖，有世態炎涼，有幾年相思，盡在一掬纏綿之內；有萬般繾綣，全寄欲放還留之中。微乎其微，感不勝感，何故於日常應酬，露此百般形態？

握手如此糾紛，免冠更屬麻煩。此中可看出人類之不合理性，及社會習俗之頑舊性。比如西洋女子茶話即在户內，亦不免冠。在做禮拜，亦復如此，其寬徑尺餘者，與人許多不便。實則做禮拜時女人不許免冠源出於小亞細亞二千年前舊俗，其時尊男賤女，故保羅謂夏娃犯罪，婦人在上帝前不可不以帕蒙首。今日西人已無此不平等觀念，而仍守保羅遺訓，合理云乎哉！至於男人，更有無謂之習慣。「文明」男子在電梯上，見有女子同梯即須免冠。夫電梯者何，走廊之變相而已。在走廊既不必免冠，在電梯何以獨須如此？誰在同一樓中，戴帽由三樓乘梯達五樓往返上下，便覺此俗之乖謬不通。扶梯原無免冠之禮，電梯何獨不然？若因其類廂房而動，則男女同坐汽車，原無必免冠之體，汽車何嘗不動，又何嘗不類廂房？故乘車可戴帽，乘梯必脱帽，此西洋禮吾百思不得其解。

實則人類習俗相沿，類多不可以理喻。況乖謬不通之事，大如外交政治，小如學校教育，比比皆是，不僅限於應酬小節。人類之聰明，原有限得很。現代文明人之智足以發明飛機、無線電，而不足以避戰爭，必至互相吞食而後止。所以在這種小節之愚笨乖張，何足介意，還是笑笑完事，聽之而已。

# 人生的樂趣

## 導讀

中國傳統社會的正統文人，尤其是宋明以來尊崇程朱理學的儒家知識分子，講究修身，講究「慎獨」，不提倡對享樂的追求。但林語堂卻説，「我一向認為，生活的真正目的是享受生活。」

本文着重談到了李笠翁。李笠翁即李漁，清代著名文學家，著有《閒情偶寄》，深受 20 世紀 30 年代中國文壇講究閒適文風一派作家的推崇。周作人説他「文字思想均極清」，寫的「都是很可喜的小品」，「有自然與人事的巧妙觀察，有平明而又新穎的表現」。並稱讚《閒情偶寄》「纖悉講人生日用處」，「講房屋器具亦注重實用」。本文亦多處引用《閒情偶寄》，認為李漁在書中講到的「住宅與庭園、屋內裝飾、界壁分隔，到婦女的梳妝、美容、施粉黛、烹調的藝術和美食的導引，富人窮人尋求樂趣的方法，一年四季消愁解悶的途徑，性生活的節制，疾病的防治」等，是「中國精神的本質」，人類只有實踐了李漁所談到的生活方式，「才可以説自己是真正開化的、文明的人類。」

《閒情偶寄》對林語堂影響很深，林語堂的名著《生活的藝術》第九章談生活的享受，專設章節討論躺在床上或坐在椅子上，談話、喝茶、抽煙、熏香、行酒令等日常生活的樂趣，實際就是受《閒情偶寄》中「居室」、「器玩」、「飲饌」、「種植」、「頤養」等章節的啟發。

我們只有知道一個國家人民生活的樂趣，才會真正了解這個國家，正如我們只有知道一個人怎樣利用閒暇時光，才會真正了解這個人一樣。只有當一個人歇下他手頭不得不幹的事情，開始做他所喜歡做的事情時，他的個性才會顯露出來。只有當社會與公務的壓力消失，金錢、名譽和野心的刺激離去，精神可以隨心所欲地遊蕩之時，我們才會看到一個內在的人，看到他真正的自我。生活是艱苦的，政治是骯髒的，商業是卑鄙的，因而，通過一個人的社會生活狀況去判斷一個人，通常是不公平的。我發現我們有不少政治上的惡棍在其他方面卻是十分可愛的人，許許多多無能而又誇誇其談的大學校長在家裏卻是絕頂的好人。同理，我認為玩耍時的中國人要比幹正經事情時的中國人可愛得多。中國人在政治上是荒謬的，在社會上是幼稚的，但他們在閒暇時卻是最聰明、最理智的。他們有着如此之多的閒暇和悠閒的樂趣，這有關他們生活的一章，就是為願意接近他們並與之共同生活的讀者而作的。這裏，中國人才是真正的自己，並且發揮得最好，因為只有在生活上他們才會顯示出自己最佳的性格——親切、友好和溫和。

既然有了足夠的閒暇，中國人有甚麼不能做呢？他們食蟹、品茗、嚐泉、唱戲、放風箏、踢毽子、比草的長勢、糊紙盒、猜謎、搓麻將、賭博、典當衣物、煨人參、看鬥雞、逗小孩、澆花、種菜、嫁接果樹、下棋、沐浴、閒聊、養鳥、午睡、大吃二喝、猜拳、看手相、談狐狸精、看戲、敲鑼打鼓、吹笛、練書法、嚼鴨肫、醃蘿蔔、捏胡桃、放鷹、餵鴿子、與裁縫吵架、去朝聖、拜訪寺廟、登山、看賽舟、鬥牛、服春藥、抽鴉片、閒蕩街頭、看飛機、罵日本人、圍觀白人、感到納悶兒、批評政治家、唸佛、練深呼吸、舉行佛教聚會、請教算命先生、捉蟋蟀、嗑瓜子、賭月餅、辦燈會、焚淨香、吃麪條、射文虎[①]、養瓶花、送禮祝壽、互相磕頭、生孩子、睡大覺。

這是因為中國人總是那麼親切、和藹、活潑、愉快，那麼富有情趣，又是那麼會玩兒。儘管現代中國受過教育的人們總是脾氣很壞，悲觀厭世，失去了一切價值觀念，但大多數人還是保持着親切、和藹、活潑、愉快的性格，少數人還保持着自己的情趣和玩耍的技巧。這也是自然的，因為情趣來自傳統。人們被教會欣賞美的事物，不是通過書本，而是通過社會實例，通過在富有高尚情趣的社會裏的生活，工業時代人們的精神無論如何是醜陋的，而某些中國人的精神 —— 他們把自己的社會傳統中一切美好的東西都拋棄掉，而瘋狂地去追求西方的東西，可自己又不具備西方的傳統，他們的精神更為醜陋。在全上海所有富豪人家的園林住宅中，只有一家是真正的中國式園林，卻為一個猶太人所擁有。所有的中國人都醉心於甚麼網球場、幾何狀的花床、整齊的柵欄，修剪成圓形或圓錐形的樹木，以及按英語字母模樣栽培的花草。上海不是中國，但上海卻是現代中國往何處去的不祥之兆。它在我們嘴裏留下了一股又苦又澀的味道，就像中國人用豬油做的西式奶油糕點那樣。它刺激了我們的

① 射文虎，即猜燈謎，文虎即用文句做謎面的謎語。

神經，就像中國的樂隊在送葬行列中大奏其「前進，基督的士兵們」一樣。傳統和趣味需要時間來互相適應。

古代的中國人是有他們自己的情趣的。我們可以從漂亮的古書裝幀、精美的信箋、古老的瓷器、偉大的繪畫和一切未受現代影響的古玩中看到這些情趣的痕跡。人們在撫玩着漂亮的舊書、欣賞着文人的信箋時，不可能看不到古代的中國人對優雅、和諧和悅目色彩的鑒賞力。僅在二三十年之前，男人尚穿着鴨蛋青的長袍，女人穿紫紅色的衣裳，那時的雙縐也是真正的雙縐，上好的紅色印泥尚有市場。而現在整個絲綢工業都在最近宣告倒閉，因為人造絲是如此便宜，如此便於洗滌，三十二元錢一盎司的紅色印泥也沒有了市場，因為它已被橡皮圖章的紫色印油所取代。

古代的親切和藹在中國人的小品文中得到了極好的反映。小品文是中國人精神的產品，閒暇生活的樂趣是其永恆的主題。小品文的題材包括品茗的藝術，圖章的刻製及其工藝和石質的欣賞，盆花的栽培，還有如何照料蘭花，泛舟湖上，攀登名山，拜謁古代美人的墳墓，月下賦詩，以及在高山上欣賞暴風雨——其風格總是那麼悠閒、親切而文雅，其誠摯謙遜猶如與密友在爐邊交談，其形散神聚猶如隱士的衣着，其筆鋒犀利而筆調柔和，猶如陳年老酒。文章通篇都洋溢着這樣一個人的精神：他對宇宙萬物和自己都十分滿意；他財產不多，情感卻不少；他有自己的情趣，富有生活的經驗和世俗的智慧，卻又非常幼稚；他有滿腔激情，而表面上又對外部世界無動於衷；他有一種憤世嫉俗般的滿足，一種明智的無為；他熱愛簡樸而舒適的物質生活。這種溫和的精神在《水滸傳》的序言裏表述得最為明顯，這篇序文偽託給該書作者，實乃十七世紀一位批評家金聖歎所作。這篇序文在風格和內容上都是中國小品文的最佳典範，讀起來像是一篇專論「悠閒安逸」的文章。使人感到驚訝的是，這篇文章竟被用作小說的序言。





在中國，人們對一切藝術的藝術，即生活的藝術，懂得很多。一個較為年輕的文明國家可能會致力於進步；然而一個古老的文明國度，自然在人生的歷程上見多識廣，她所感興趣的只是如何過好生活。就中國而言，由於有了中國的人文主義精神，把人當作一切事物的中心，把人類幸福當作一切知識的終結，於是，強調生活的藝術就是更為自然的事情了。但即使沒有人文主義，一個古老的文明也一定會有一個不同的價值尺度，只有它才知道甚麼是「持久的生活樂趣」，這就是那些感官上的東西，比如飲食、房屋、花園、女人和友誼。這就是生活的本質，這就是為甚麼像巴黎和維也納這樣古老的城市有良好的廚師、上等的酒、漂亮的女人和美妙的音樂。人類的智慧發展到某個階段之後便感到無路可走了，於是便不願意再去研究甚麼問題，而是像奧瑪開陽[②]那樣沉湎於世俗生活的樂趣之中了。於是，任何一個民族，如果它不知道怎樣像中國人那樣吃，如何像他們那樣享受生活，那末，在我們眼裏，這個民族一定是粗野的，不文明的。

② 奧瑪開陽，現通譯奧瑪．開儼（1048—1131），波斯負有盛名的數學家、天文學家、醫學家和哲學家。著有詩集《魯拜集》。

在李笠翁（十七世紀）的著作中，有一個重要部分專門研究生活的樂趣，是中國人生活藝術的袖珍指南，從住宅與庭園、屋內裝飾、界壁分隔到婦女的梳妝、美容、施粉黛、烹調的藝術和美食的導引，富人窮人尋求樂趣的方法，一年四季消愁解悶的途徑，性生活的節制，疾病的防治，最後是從感覺上把藥物分成三類：「本性酷好之藥」、「其人急需之藥」和「一生鍾愛之藥」。這一章包含了比醫科大學的藥學課程更多的用藥知識。這個享樂主義的戲劇家和偉大的喜劇詩人，寫出了自己心中之言。我們在這裏舉幾個例子來說明他對生活藝術的透徹見解，這也是中國精神的本質。

李笠翁在對花草樹木及其欣賞藝術作了認真細緻而充滿人情味的研究之後，對柳樹作了如下論述：

柳貴乎垂，不垂則可無柳。柳條貴長，不長則無裊娜之致，徒垂無益也。此樹為納蟬之所，諸鳥亦集。長夏不寂寞，得時聞鼓吹者，是樹皆有功，而高柳為最。總之種樹非止娛目，兼為悅耳。目有時而不娛，以在臥榻之上也；耳則無時不悅。鳥聲之最可愛者，不在人之坐時，而偏在睡時。鳥音宜曉聽，人皆知之；而其獨宜於曉之故，人則未之察也。鳥之防弋，無時不然。卯辰以後，是人皆起，人起而鳥不自安矣。慮患之念一生，雖欲鳴而不得，欲亦必無好音，此其不宜於晝也。曉則是人未起，即有起者，數亦寥寥，鳥無防患之心，自能畢其能事。且捫舌一夜，技癢於心，至此皆思調弄，所謂「不鳴則已，一鳴驚人」者是也，此其獨宜於曉也。莊子非魚，能知魚之樂；笠翁非鳥，能識鳥之情。

凡屬鳴禽，皆當以予為知己。種樹之樂多端，而其不便於雅人者亦有一節：枝葉繁冗，不漏月光。隔嬋娟而不使見者，此其無心之過，不足責也。然匪樹木無心，人無心耳。使於種植之初，預防及此，留一線之餘天，以待月輪出沒，則晝夜均受其利矣。

在婦女的服飾問題上，他也有自己明智的見解：

婦人之衣，不貴精而貴潔，不貴麗而貴雅，不貴與家相稱，而貴與貌相宜。……今試取鮮衣一襲，令少婦數人先後服之，定有一二中看，一二不中看者，以其面色與衣色有相稱、不相稱之別，非衣有公私向背於其間也。使貴人之婦之面色不宜文采，而宜縞素，必欲去縞素而就文采，不幾與面色為仇乎？……大約面色之最白最嫩，與體態之最輕盈者，斯無往而不宜：色之淺者顯其淡，色之深者愈顯其淡；衣之精者形其嬌，衣之粗者愈形其嬌。……然當世有幾人哉？稍近中材者，即當相體裁衣，不得混施色相矣。

記予兒時所見，女子之少者，尚銀紅桃紅，稍長者尚月白，未幾而銀紅桃紅皆變大紅，月白變藍，再變則大紅變紫，藍變石青。迨鼎革以後，則石青與紫皆罕見，無論少長男婦，皆衣青矣。

李笠翁接下去討論了黑色的偉大價值。這是他最喜歡的顏色，它是多麼適合於各種年齡、各種膚色，在窮人可以久穿而不顯其髒，在富人則可在裏面穿着美麗的色彩，一旦有風一吹，裏面的色彩便可顯露出來，留給人們很大的想像餘地。

此外，在「睡」這一節裏，有一段漂亮的文字論述午睡的藝術：

然而午睡之樂，倍於黃昏，三時皆所不宜，而獨宜於長夏。非私之也，長夏之一日，可抵殘冬二日，長夏之一夜，不敵殘冬之半夜，使止息於夜，而不息於晝，是以一分之逸，敵四分之勞，精力幾何，其能堪比？況暑氣鑠金，當之未有不倦者。倦極而眠，猶飢之得食，渴之得飲，養生之計，未有善於此者。午餐之後，略逾寸晷，俟所食既消，而後徘徊近榻。又勿有心覓睡，覓睡得睡，其為睡也不甜。必先處於有事，事未畢而忽倦，睡鄉之民自來招我。桃源、天台諸妙境，原非有意造之，皆莫知其然而然者，予最愛舊詩中，有「手倦拋書午夢長」一句。手書而眠，意不在睡；拋書而寢，則又意不在書，所謂莫知其然而然也。睡中三昧，唯此得之。

只有當人類了解並實行了李笠翁所描寫的那種睡眠的藝術，人類才可以說自己是真正開化的、文明的人類。

# 秋天的況味

## 導讀

歷來都有詠歎秋天的佳作名篇。宋代文學大家歐陽修的《秋聲賦》，由秋聲起興，渲染秋風的蕭瑟，萬物的凋零，且聯繫人生，發出了世事艱難、人生易老的感慨。現代著名文學家郁達夫的《故都的秋》將「故都」和「秋」聯繫起來，描寫秋槐、秋蟬、秋雨、秋果等老北京紛繁多彩的清秋景象，表達對故都的深深眷戀之情。

本文與上述兩文不同，作者明確説他「於秋是有偏愛的」，「所愛的是秋林古氣磅礴氣象」，但作者並沒有具體描寫「秋林古氣磅礴氣象」，而是細細寫他的各樣感觸，筆法相當隨意自由，從桂花明月寫到慢火燉豬肉的詩意；從初秋的温和寫到人生的純熟。

學者謝友祥説：「林語堂作文信手信腕，筆隨意轉，不見刻意經營，只見漫不經心。所以文章寫得很散，常常是拉拉扯扯，縱筆直書。有的有主旨，很多是無主旨，只有一個談話範圍。時見旁枝逸出，或就一點漶漫開去，暈成一片，自成風景。」「讀他的一些文章，就像海中拾貝，不在乎把握全篇，將那些散落各處的好東西收拾起來就夠了。這裏要點在散而不破，雜而不蕪，漫而不長。」本文其實也僅有一個關於秋天的談話的範圍，但「雜而不蕪，漫而不長」，發散開去，多有精彩之處。

秋天的黃昏，一人獨坐沙發上抽煙，看煙頭白灰之下露出紅光，微微透露出暖氣，心頭的情緒便跟着那藍煙繚繞而上，一樣的輕鬆，一樣的自由。不轉眼，繚煙變成縷縷細絲，慢慢不見了，而那霎時，心上的情緒也跟着消沉於大千世界，所以也不講那時的情緒，只講那時的情緒的況味。待要再劃一根洋火，再點起那已點過三四次的雪茄，卻因白灰已積得太多而點不着，乃輕輕地一彈，煙灰靜悄悄地落在銅爐上，其靜寂如同我此時用毛筆寫在紙上一樣，一點的聲息也沒有。於是再點起來，一口一口地吞雲吐霧，香氣撲鼻，宛如偎紅倚翠、温香在抱情調。於是想到煙，想到這煙一股温煦的熱氣，想到室中繚繞暗淡的煙霞，想到秋天的意味。這時才憶起，向來詩文上秋的含義，並不是這樣的，使人聯想的是肅殺，是淒涼，是秋扇，是紅葉，是荒林，是萋草。然而秋確有另一意味，沒有春天的陽氣勃勃，也沒有夏天炎烈迫人，也不像冬天之全入於枯槁凋零。我所愛的是秋林古氣磅礴氣象。有人以老氣橫秋罵人，可見是不懂得秋林古色之滋味。在四時中，我於秋是有偏愛的，所以不妨說說。秋是代表成熟，對於春天之明媚嬌豔，夏日的茂密濃深，都是過來人，不足為奇了，所以其色淡，葉多黃，有古色蒼蘢之概，不單以葱翠爭榮了。這是我所謂秋天的意味。大概我所愛的不是晚秋，是初秋，那時暄氣初消，月正圓，蟹正肥，桂花皎潔，也未陷入凜冽蕭瑟氣態，這是最值得賞樂的。那時的温和，如我煙上的紅灰，只是一股熏熱的温香罷了。或如文人已擺脱下筆驚人的格調，而漸趨純熟練達，宏毅堅實，其文讀來有深長意味。這就是莊子所謂「正得秋而萬寶成」結實的意義。在人生上最享樂的就是這一類的事。比如酒以醇以老為佳，煙也有和烈之辨，雪茄之佳者，遠勝於香煙，因其意味較和。倘是燒得得法，慢慢地吸完一支，看那紅光炙發，有無窮的意味。鴉片吾不知，然看見人在煙燈上燒，聽那微微嗶剝的聲音，也覺得有一種詩意。大概凡是古老、純熟、熏黃、熟練的事物，都使我得到同樣的愉快。如一隻熏黑的陶鍋在烘爐上用慢火燉豬肉時所發出的鍋中徐吟的聲調，使我感到同看人燒大煙一樣的興味。或如一本用過二十年而尚未破爛的字典，或是一張用了半世的書桌，或如看見街上一塊熏黑了老氣橫秋的招牌，或是看見書法大家蒼勁雄渾的筆跡，都令人有相同的快樂。人生世上如歲月之有四時，必須要經過這純熟時期，如女人發育健全、遭遇安順的，亦必有一時徐娘半老的風韻，為二八佳人所不及者。使我最佩服的是鄧肯[①]的佳句：「世人只會吟詠春天與戀愛，真無道理。須知秋天的景色，更華麗，更恢奇，而秋天的快樂有萬倍的雄壯、驚奇、都麗。我真可憐那些婦女識見褊狹，使她們錯過愛之秋天的宏大的贈賜。」若鄧肯者，可謂識趣之人。

① 鄧肯（1878—1927），美國著名女舞蹈家，現代舞蹈的創始人，也是一位才華橫溢的才女。

# 回憶童年

## 導讀

本文初載 1966 年 8 月台灣《傳記文學》第 9 卷第 2 期，後收入台北德華出版社 1976 年 11 月版《魯迅之死》。本文對童年的回憶主要有三，「一是我的父親，二是我的二姐，三是漳州西溪的山水。」

林語堂對父親的回憶，可與同時代的著名文人、學者胡適回憶父親的文字相比閱讀。胡適的父親胡傳，甲午之役時守衛台東，他不甘心清政府割讓台灣，四處奔走，募兵保台，還徒步到台南，見老將劉永福，要求參戰，但不久卻染時疫死去了。胡適的母親「一生中只認識這麼一個完人」，教育胡適向父親學習。林語堂的父親則「幽默成性，常在講台上説笑話」。胡適後來力圖做個「完人」，林語堂則大力提倡「幽默」，跟各自的童年教育分不開。

林語堂的二姐是個聰明好強的姑娘，非常像《紅樓夢》中的探春，熟讀《紅樓夢》的林語堂想起二姐時大概也會想到探春。這樣的女孩子在中國傳統社會中很多是禮教的犧牲品。林語堂一生為二姐留了無數次眼淚，這也是在哀悼那無數在傳統社會中被侮辱與被損害的美麗女性。

林語堂從小生長在漳州西溪的山水中，「快樂無比地享受這山川的靈氣及夜月的景色」。中國現代作家多受益於故鄉的水鄉生活，跟林語堂筆下的漳州西溪相似，沈從文筆下的湘西，茅盾筆下的烏鎮，都充滿了靈氣，令人無限嚮往。

我生於光緒廿一年乙未（一八九五年），就是「馬關條約」割讓台灣給日本那一年。我父親是熱心西學、熱心維新的人，所以家裏一面掛着一幅彩色石印的光緒皇帝像，一面掛着一個外國女孩子的像，她堆着一個笑臉，雙手拿着一頂破爛草帽，裏邊盛着幾個新生的雞蛋。我母親喜歡它，所以掛起來。這便是我的家。我母親的針線籃裏，有一本不知怎樣流落到我家的美國婦女雜誌，大概所謂 Slick Magazine，紙張是光滑的。母親用那本舊雜誌來放她的繡線。

影響於我最深的，一是我的父親，二是我的二姐，三是漳州西溪的山水。尤其是西溪的山水。父親是維新派，又是做夢的理想家，他替我做着入柏林大學的夢。二姐是鼓勵我上進讀書成名的人。以外我有一個溫柔、謙讓、天下無雙的母親，她給我的是無限量的母愛，永不罵我，只有愛我。這源泉滾滾、晝夜不息的愛，無影無蹤，而包羅萬有。說她影響我甚麼，指不出來，說她沒影響我，又瞻之在前，忽焉在後。大概就是像春風化雨。我是在這春風化雨的母愛庇護下長成的。我長成，我成人，她衰老，她見背①，留下我在世。說沒有甚麼，是沒有甚麼，但是我之所以為我，是她培養出來的。你想天下無限量的愛，是沒有的，只有母愛是無限量的。這無限量的愛，一人只有一個，怎麼能夠遺忘？

我們家居平和縣坂仔鄉，父親是長老會牧師。坂仔又稱東湖，在本地人，「湖」字是指四面高山圍繞的平原。前

① 見背，長輩去世。

後左右都是層巒疊嶂，南面是十尖（十峯之謂），北面是陡立的峭壁，名為石起，狗牙盤錯，過嶺處危崖直削而下。日出東方，日落西山，早霞餘暉，都是得天地正氣。說不奇就不奇，說奇是大自然的幻術。南望十尖的遠嶺，雲霞出沒。幼年聽人說，過去是雲霄縣。在這雲山千疊之間，只促少年孩子的夢想及幻想。生長在這雄壯、氣吞萬象的高山中，怎能看得起城市中之高樓大廈？如紐約的摩天樓，說它「摩天」，才是不知天高地厚，哪裏配得上？我的人生觀，就是基於這一幅山水。人性的束縛，人事之騷擾，都是因為沒有見過或者忘記這海闊天空的世界。要明察人類的渺小，須先看宇宙的壯觀。

又一使我不能忘懷的是西溪的夜月。我十歲時，父親就令我同我的三哥（憾廬）、四哥（早歿）到廈門鼓浪嶼入小學。坂仔到廈門有一百二十公里，若是船行而下，那時須三四天。漳州西溪的「五篷船」只能到小溪，由小溪到坂仔的十二三公里，又須換小艇，過淺灘處（本地人叫為「瀨」），船子、船女須跳下水，幾個人把那隻艇肩扶逆水而上。

但是西溪五篷船是好的。小溪到龍溪，一路山明水秀，遲遲其行，下水走兩天，上水須三天。幼年的我，快樂無比地享受這山川的靈氣及夜月的景色。船常在薄暮時停泊江中，船尾總有一小龕，插幾根香，敬馬祖[②] 娘娘，也有設關

② 即媽祖，我國東南沿海地區傳說中的海上女神。

聖帝位。中國平民總是景仰忠勇之氣，所以關羽成為大家心悅誠服的偶像。在那夜色蒼茫的景色，船子抽他的旱煙，喝他的苦茶，他或同行的人講給我們聽民間的故事。遠處船的篝燈明滅，隔水吹來的笛聲，歡快悠揚。這又叫我如何看得起城市中水泥筆直的大道？

父親幽默成性，常在講台上説笑話，但他也有義憤填胸之時。他身體很健旺，是幼年窮苦練出來的。我幼時常看見他肩上的疤痕。我祖母也是強壯的；她曾經在本鄉五里沙，用挑擔的木棍（叫「扁擔」）把男人趕出鄉外。他告訴我們小時肩挑賣糖，天雨時祖母又趕緊炒豆，叫他挑賣豆仔酥。又因為去監獄賣米，較得厚利，也挑米到監獄去賣。祖母是基督教徒，洪楊之亂[③]，祖父給「長毛反」[④]去當挑夫，因此母子兩人掙扎過活。父親二十四歲，才入教會的神學院，中文自然是無師自通的，因此他常同情於窮家子。我母親也是出身寒微之家，常在門前見有過路挑柴賣菜的，她總請他們進來喝一碗茶休息。有一回鄉紳作怪，縣裏包柴稅。鄉下人上山採柴，挑幾十里路來平原賣，一挑可賣到一百二十文。這包稅制度，是魚肉鄉民的，沒有政策規定。坂仔有五天一次的市場，鄉下人都在買賣。有一回父親遇見那位鄉紳，硬要賣柴的人每挑納七十文的稅。父親挺身出來，與鄉紳大

③ 洪楊之亂，指清代晚期洪秀全（1814—1864）與楊秀清（1821 或 1823—1856）領導的太平天國運動。

④ 「長毛反」，清朝對太平天國部隊的蔑稱。因為太平天國規定不剃額髮，不紮辮，散着頭髮；而清朝規定男子必須剃掉額髮，續辮。

鬧，並説要告到縣裏去，鄉紳才銷聲匿跡而去。

說到我二姐，真使我感激而又慚愧。她聰明美麗，想入大學而無法入大學；我能進大學，是佔了她的便宜。我們鄉下的家，就是家庭學校。鄉下人起來早，男孩子管洗掃，在家裏汲井水入水缸及灌園，女孩子管洗衣及廚房。那時我母親已五十以上了，家裏洗衣、燒飯是她管的。暑假夏天，大家回來，早餐後就搖鈴上課，父親自己教，讀的是「四書」、《詩經》，此外是《聲律啟蒙》及《幼學瓊林》之類。一屋子總是咿唔的讀書聲。我記得約十一時，二姐必皺着眉頭說她得燒飯或者有衣待洗去了。下午温習日影上牆時，她又皺着眉頭，說須去把晾的衣服收進來，打疊後，又須燒晚飯。她屬虎，比我大四歲。我們共看林琴南譯的「說部叢書」，如《福爾摩斯》、《天方夜譚》之類。還有一次，我們兩人，口編長篇小說，隨想隨編，騙母親取樂，並沒有寫下來，記得有一位法國偵探名為「庫爾摩寧」，這是我們騙母親的。

二姐在鼓浪嶼毓德女校畢業，就吵要上福州入學高造。這怎麼可能呢？我父親生六男二女，又好做夢，要男孩子都受高等教育，自然管不到女的了，而且女大當嫁，是當時的風氣。記得聽父親對朋友講，要送二哥到上海約翰大學，是將漳州唯一的祖母傳下來的房屋變賣了。到了簽字賣屋之時，一顆淚滴在契約紙上。到福州上學，教會學校可免學費，但是單川資、雜費一年就得至少六七十元，這就無法籌措。所以我二姐上進求學，是絕無希望的。

她那聰明的頭腦，好讀書的心情，我最曉得。她已二十歲了，不嫁何待。但是每回有人說親，母親來房中向她說，她總是將油燈吹滅，不說一句話。父親在做狂夢，夜裏挑床頭的油燈，口吸旱煙，向我們講牛津大學怎樣好，柏林大學是世界最好的大學。牧師的月規只廿四元，這不是做狂夢嗎？（他看了不少上海廣學會[⑤]的書，所以知道這些。）所以我的二姐就不得不犧牲了。

到了她二十二歲，我十八歲，要到上海約翰大學唸書（錢是借來的），她要到山城結婚，毀了她求學的美夢。她結婚是不得已的，我知道，我們一家下船，父母送女子婚嫁，送小孩遠行留學，同船沿西溪到那鄉鎮。未結褵[⑥]先，她由新娘子襖裏的口袋拿出四毛錢含淚對我說：「和樂，你到上海去，要好好地唸書，做個好人，做個名人，我是沒有希望了。」這句話是不啻鏤刻在我的心上，這讀書成名四字，是我們家裏的家常話，但這離別的情懷又不同了。那話於我似有千鈞重的。

過了一年，我回家，沿路去看她。她的丈夫是追求她多年的中等人家的少年，家裏薄有家產。婆婆非常自傲，娶得這一門媳婦，總算衣食無憂，她問到我學到甚麼英國話，我告訴她。匆匆行別，也訴不到多少衷曲。我秋天回上海，聽見她得鼠疫死了，腹中有孕七月。她的墳遠在坂仔西山墓地。

---

⑤ 上海廣學會，是英美基督教傳教士在中國創辦的出版機構，1887 年在上海成立。出版的書籍對清末維新運動和清末新政產生很大影響。

⑥ 結褵（lí），代稱成婚。褵，古時女子出嫁時所繫佩巾。

# 記紐約釣魚

## 導讀

本文初收入台北文星書店 1966 年 2 月初版《無所不談》，題為「記紐約釣魚」，實際處處着筆於中國傳統文人對待釣魚的態度。

作者認為，中國正統文人，包括作者非常喜歡的莊子、蘇東坡等人，都不釣魚，只是觀人釣魚而已，這是由於他們將釣魚看成賤業，以為只是在生計上有此需要的人才釣魚；而文人總比窮苦勞動者高出一等，所以不屑為之。林語堂反對這樣的態度，他認為釣魚可以修身養性，提升境界。「凡人在世，俗務羈身，有終身不能脱、不想脱者。由是耳目濡染愈深，胸懷愈隘，而人品愈卑。有時看看莊子，是好的；接近大自然，是更好的。」而釣魚就是接近大自然的最好方式之一。

「在靜逸的環境中，口含煙斗手拿釣竿，滌盡煩瑣與自然景色相對，此種環境，可以發人深省，追究人生意味，恍然人世之熙熙，是是非非，捨本逐末，輕重顛倒，未嘗可了，未嘗不欲了，而終不可了。」作者一生推崇晚明袁中郎、張岱等性靈派文人，而此處所描述的釣魚情景，超然灑脱，回歸人心，可謂深得「性靈派」文學的神髓。

紐約處大西洋之濱，魚很多，釣魚為樂的人亦自不少。長島[①]上便有羊頭塢，幾十條漁船，專載搭客赴大西洋附近各處釣魚。春季一來，釣客漸多。今天是立春，此去又可常去釣魚了。到了夏季七八月間，藍魚正盛，可以通夜釣魚。每逢星期日，海面可有數十條船，環顧三五里內，盡是漁艇。在夜色蒼茫之下，燈火澈亮，倒似另一世界。記得一晚，是九月初，藍魚已少，但特別大。我與小女相如夜釣，晨四點回家，帶了兩條大魚，一條裝一布袋，長三尺餘，看來像兩把洋傘，驚醒了我內人。

紐約魚多，中國寓公也多，但是兩者不發生關係。想起漁樵之樂，中國文人、畫家每常樂道。但是這漁樵之樂，像風景畫，係自外觀之，文人並不釣魚。惠施與莊子觀魚之樂，只是觀而已。中國不是沒有魚可釣，也不是沒有釣魚人，不過文人不釣罷了。真正上山砍木打柴的樵夫，大概寒山、拾得[②]之流，才做得到。文人、方丈便不肯為。陶侃運甓[③]，那才是真正的健身運動。陶淵明肩鋤戴月，晨露沾衣，大概是真的，他可曾釣過魚，然傳無明文。赤壁大概鰣魚很多而味美，東坡住黃州四年可以釣而不釣，住惠州，住瓊

① 長島，美國東部島嶼，其西端構成紐約的一部分。

② 寒山、拾得，中國佛教史上著名的詩僧，相傳他們詩才很好，但言行怪誕，被稱為「和合二仙」。

③ 陶侃（259—334），東晉名將，東晉著名詩人陶淵明的曾祖父。史書記述陶侃每天搬磚鍛煉身體和意志，唯恐自己過於安逸，因此人們用「運甓」表示不沉溺安逸，胸懷大志。甓（pì），磚。

州[④] 都可以釣，而未嘗言釣，不然定可見於詩文，不知是戒殺生，或是怎樣，大概文人只站在岸上林下觀釣而已。像陸放翁[⑤] 那種身體，力能在雪中撲虎，可以釣，而不釣。他的遊湖方式，是帶個情人上船，烹茗、看詩、看情人為樂，而不以漁為樂。

歷史上想想，只有姜太公釣魚；嚴子陵[⑥] 富春江的釣台近似。姜太公是神話，嚴子陵釣台離水百尺以上，除非兩千年來滄海已變，釣台也只是傳說而已。王荊公[⑦] 在神宗面前，把一盤魚餌當點心吃光，此人假痴假呆，我不大相信。韓愈[⑧] 是釣魚的。記得東坡笑韓退之釣不到大魚，想換地方，還是釣不到。這是東坡從惠州又徙瓊州，立身安命自慰的話。其實韓愈也不行。今日華山有一危崖，是遊人要到北峯必經之路。路五六尺寬，兩邊下去是深壑千丈。這地方就叫做「韓愈大哭處」。後來畢沅[⑨] 做陝督，登華山，不

④ 蘇軾一生仕途不順，曾被貶至黃州、惠州、瓊州等地為官。

⑤ 陸放翁，即陸游（1125—1210），南宋著名文學家，放翁為其號。

⑥ 嚴子陵，即嚴光（前 37—43），東漢初年著名隱士。嚴子陵為東漢開國皇帝劉秀少時同窗兼好友，劉秀當皇帝後，召嚴子陵做官，嚴子陵拒絕了，隱居於富春江一帶，垂釣為樂。

⑦ 王荊公，即王安石（1021—1086），北宋著名政治家、文學家，荊公為其號。據記載，王安石性格耿直，日常生活不拘小節。

⑧ 韓愈（768—824），唐代著名文學家、詩人，「唐宋八大家」之首。退之為其字。

⑨ 畢沅（1730—1797），清代著名學者，精通經史等學問。曾做過陝西巡撫等官職。

敢下來，又無別路，還是令人把酒灌醉，然後用毛毯把他捲起抬下來。文人總是如此。

相傳李鴻章遊倫敦，有一回，英國紳士請他看賽足球。李氏問：「那些漢子，把球踢來踢去，甚麼意思？」英國人說：「這是比賽。而且他們不是漢子，他們是紳士。」李氏搖搖頭說：「這麼大熱天，為甚麼不僱些傭人去踢？為甚麼要自己來？」這可說明中國文人不釣魚的原因。台灣教育有「惡性補習」害人子弟，當局若不趕緊設法救濟，將來國內後生，也絕不敢釣魚，最多觀釣而已。

我想女子無才便是德，有德便無才，文人不出汗，出汗非文人，這也是古人所謂天經地義之一。

其實不然。垂釣並不必出汗，而其所以可樂，是因釣魚常在湖山勝地、林泉溪澗之間，可以摒開俗務，怡然自得，歸復大自然，得身心之益。足球、棒球之類，還是太近城市罷，還是人與人之鬥爭。英國十七世紀釣魚名著，The Compleat Angler by I. Walton[10]列入文學，就是能寫到釣魚時林澗之美，自然之妙。其書又名為 The Contemplative Man's Recreation，意思是釣魚是好學深思的人的娛樂。所以釣魚與煙斗的妙用，差不多相同（Thackeray 稱煙斗也能發人深思），在靜逸的環境中，口含煙斗，手拿釣竿，滌盡煩瑣與自然景色相對，此種環境，可以發人深省，追究人生

⑩ The Compleat Angler by I. Walton，即艾薩克．華爾頓寫作的《高明的垂釣者》。艾薩克．華爾頓（1593—1683），英國作家。

意味，恍然人世之熙熙，是是非非，捨本逐末，輕重顛倒，未嘗可了，未嘗不欲了，而終不可了。在此刹那，野鳥亂啼，古木垂蔭，此「觸袖野花多自舞」之時也。頑石嶙峋，魚蝦撲跳，各自有其生命，而各自有其境界；思我自白駒過隙，而彼樹也石也，萬古常存，此「野花遮眼淚沾襟」之時也。

凡人在世，俗務羈身，有終身不能脱，不想脱者。由是耳目濡染愈深，胸懷愈隘，而人品愈卑。有時看看莊子，是好的；接近大自然，是更好的。陸龜蒙[11]書李賀[12]小傳後，講唐詩人孟郊[13]廢弛職務，日與自然接近，寫得最有意思：「孟東野貞元中以前秀才，家貧，受溧陽尉。……南五里有投金瀨，草木甚盛，率多大櫟，合數十抱，蔥篠蒙翳，如塢如洞。地窪下，積水沮洳，深處可活魚鱉輩。大抵幽邃岑寂，氣候古澹可喜，除里民樵罩外無入者。東野得之忘歸，或比日，或間日，乘驢，後小吏，經（逕）驀投金渚一往，至得蔭大櫟，隱崟篠坐於積水之傍，吟到日西還。」後來因此丟了差事。此孟東野所以成為詩人。

孟東野、李長吉都是如此，黃大痴[14]也是如此，人生必

---

⑪ 陸龜蒙（？—881），唐代農學家、文學家。

⑫ 李賀（790—816），唐代著名詩人，詩風詭譎大膽，充滿奇特的想像力，被稱為「詩鬼」。李賀字長吉，後文提到的李長吉即李賀。

⑬ 孟郊（751—814），唐代著名詩人，東野為其字。

⑭ 黃大痴，即黃公望（1269—1354），元代著名畫家。現存世名畫《富春山居圖》即其畫作。

有痴，而後有成，痴各不同，或痴於財，或痴於祿，或痴於情，或痴於漁。各行其是，皆無不可。

我最愛張君壽[15]一首詠一對討漁夫婦的詩：

郎提魚網截江圍，妾把長竿守釣磯。
滿載魴魚都換酒，輕煙細雨又空歸。

人生到此，夫又何求？



⑮ 張君壽（1877—1947），名壽，君壽為其字。清末民初國學家，擅長詩文書法等學問。

# 論東西文化的幽默

## 導讀

1970 年 7 月底至 8 月初，國際筆會在韓國首都首爾舉行第 37 屆大會。本篇就是林語堂參加大會時的演講。這篇用中西名人幽默的小故事串連而成的演講詞，生動有趣而又獨特貼切地論述了東西文化的幽默。林語堂在本文中說：「我認為幽默的發展是和心靈的發展並進的，因此幽默是人類心靈舒展的花朵，它是心靈的放縱或者是放縱的心靈。唯有放縱的心靈，才能客觀地靜觀萬事萬物而不為環境所囿。」這跟他將近 40 年前的觀點是一致的。他在發表於 1934 年的《論幽默》一文中說：「無論哪一國的文化、生活、文學、思想，是用得着近情的幽默的滋潤的。沒有幽默滋潤的國民，其文化必日趨虛偽，生活必日趨欺詐，思想必日趨迂腐，文學必日趨乾枯，而人的心靈必日趨頑固。」這兩段話的比較，可以見出林語堂終其一生，都對「幽默」推崇有加。

對於林語堂所提倡的幽默，人們的看法並不一致。魯迅認為中國當時「實在是難以幽默的時候」，幽默「是只有愛開圓桌會議的國民才鬧得出來的玩意兒」，效果是「將屠户的兇殘，使大家化為一笑，收場大吉」，所以他「不愛『幽默』」。而學者王兆勝則認為：「林語堂的幽默人生觀或許未必能解決政治、戰爭等問題，但它對人們理解世界與人生的神祕和不可知，理解作為個體存在的先驗的局限性，從而使身心平靜、和諧、達觀與快樂，避免以卵擊石式的人生態度，顯然是有益的。」

各位女士和各位先生，我得以《論東西文化的幽默》這個題目向本屆會議所特出的主題發表演説，深感欣幸。記得伯格森説過：「幽默可使緊張的情緒疏散，神經鬆弛。」我希望我們在討論這一主題之後，大家不至於再犯上過分緊張的錯誤。

## 幽默是人類心靈開放的花朵

一般認為哭是一切動物所共有的本能，笑卻只是猿猴的特性；這種特性只有我們和我們的祖先人猿才有。我不妨補充一句，思想是人的本能，但對一個人的錯誤，以微微一笑置之卻是神了。

我不否認海豚很會嬉戲作樂，至於象和馬會不會笑，我卻不知道了。即使他們會的話，似乎也不能很明顯地表現出來。我認為幽默的發展是和心靈的發展並進的，因此幽默是人類心靈舒展的花朵，它是心靈的放縱或者是放縱的心靈。唯有放縱的心靈，才能客觀地靜觀萬事萬物而不為環境所囿。

## 維多利亞女王[1] 的遺言

這可以算得是文明的一項特殊賜予，每當文明發展到了相當的程度，人便可以看到他自己的錯誤和他的同人的錯誤，於是便出現了幽默。每當人的智力能夠察覺統治人們的

① 維多利亞女王（1819—1901），英國歷史上在位時間第二長的君主，僅次於伊利沙伯二世女王。她在位期間，是英國歷史上最強盛的所謂「日不落帝國」時期，經濟、文化空前繁榮，被稱為「維多利亞時代」。

愚行，政客們的偽善面孔與陳腔濫調，以及人類的弱點與缺失，徒勞無益的努力與矯揉造作的情態，我們自己的夢想與現實之脱節，幽默便必然表現於文學。

故幽默也是人類領悟力的一項特殊賜予。我特別欣賞維多利亞女王臨終前的最後遺言。當她知道她的死期已到，這位大英帝國統治者的最後一句話：「我已盡力而為了。」她知道她不是完人，只不過是已盡了她一生最大的努力。我喜歡那種謙虛，那種健全的、熱情的和具有人情味的智慧。這就是最好的一種幽默。

## 搔癢是人生一大樂趣

有時我們把幽默和機智混為一談，或者甚至把它混淆為對別人的嘲笑和輕蔑。實際發自這種惡意的態度，應稱之謂嘲謔或譏諷。嘲謔與譏諷是傷害人的，它像嚴冬颳面的冷風。幽默則如從天而降的温潤細雨，將我們孕育在一種人與人之間友情的愉快與安適的氣氛中，它猶如潺潺溪流或者照映在碧綠如茵的草地上的陽光。嘲謔與譏諷損傷感情，輒使對方感到尷尬不快而使旁觀者覺得可笑，幽默是輕輕地挑逗人的情緒，像搔癢一樣。搔癢是人生一大樂趣，搔癢會感覺到説不出的舒服，有時真是爽快極了，爽快得使你不自覺地搔個不休。那猶如最好的幽默之特性。它像是星星火花般地閃耀，然而卻又遍處彌漫着舒爽的氣息，使你無法將你的指頭按在某一行文字上指出那是它的所在，你只覺得舒爽，但卻不知道舒爽在哪裏以及為甚麼舒服，而只希望作者一直繼續下去。

## 朋友之間會心的微笑

因此，我們必須把幽默的真諦與各種作用混淆不清的語意加以區分，正如我們要將哄笑與冷笑，捧腹大笑和淡淡的微笑，或者嗤嗤的譏笑加以區分一樣。我喜歡一個作家含有淡淡帶哀慟的微笑，那會給我們一點甜蜜的憂鬱，就像葛瑞[②]那首《墓園的哀歌》。絕妙的一種微笑是兩個朋友相對「會心的微笑」，即一般所謂「相視莫逆」、「心照不宣」的淺笑。當愛默生[③]和卡萊爾初次見面時，他們未發一語，而只是像「心心相印」般地發出微笑。這便是中國人所最欣賞的「會心的微笑」。

## 佛祖與基督的愛與恕

各位女士和各位先生，我認為最精微純粹的幽默便是能逗引人發出一種含有思想並發人深省的笑耍。如果我們是天使，便不需要幽默，我們將整天翱翔在空際吟唱讚美詩。不幸我們生存在這人間世，居於天使與魔鬼之間的境界，人生充滿了悲哀與憂愁，愚行與困頓。那就需要幽默以促使人發揮潛力、復甦精神的一個重要啟示。

它表現在一種廣大無垠的哀憐中，—— 以一種悲慟且富

---

② 葛瑞，現通譯托馬斯·格雷（1716—1771），英國 18 世紀重要詩人，《墓園的哀歌》是其代表作。

③ 愛默生（1803—1882），美國思想家、文學家、詩人，美國文化精神的代表人物。

有同情的態度來洞察人生，這唯有人類中最偉大的人物始克臻此[4]，正如佛祖和耶穌。我想，佛祖的教訓可用五個字總括，即「憐天下萬物」。而耶穌對那個被捉住的淫婦正受猶太村民包圍投石時說：「慢着！且讓那些沒有犯過罪的人投擊第一塊石頭。」[5]這就是表現出一種寬宏的哀憐並教眾人反省的警惕。也就是崇高的洞察力，對全人類的一種包含着慈悲與仁恕的諒解。

且讓我再舉幾個胸襟偉大的人所流露出來的一種幽默實例——一種由於承受這人間世所不可避免的事情，或者克復一種缺憾，藉以表現內在潛力的幽默。

## 蘇格拉底潑辣的妻子

諸位都知道蘇格拉底有一位潑辣的悍妻。蘇格拉底每當受到太太一連串的責罵後，他就走出屋子去找寧靜的地方。他正跨出門外一步，他的悍妻便把一桶冷水從窗口倒在他的頭上，淋得蘇格拉底渾身精濕。他卻毫無慍色，而自言自語地說：「雷聲過後必然雨下來了。」這樣，便泰然自若地走向雅典市場去了。

他嘗把結婚比擬為騎馬。如果你想練習騎馬，應當選擇一匹野馬，要是你想駕御一匹馴良的馬以策安全，那就根本不需練習了。



④ 克臻此，能夠達到這種境界。克，能夠；臻，到達。

⑤ 出自《聖經》抹大拉的馬利亞的典故。

很少人明瞭希臘哲學中逍遙學派的興起係由於蘇格拉底太太的功勞。倘蘇格拉底沉醉在一個疼愛他的妻子的温柔懷抱裏，恩愛纏綿，他決不會遊蕩街頭，拉住路人問一些令人困窘的問題了。

## 林肯太太好吹毛求疵

另一個偉人，林肯，大概也是由於他那個嘮叨而又容易激動的妻子促使他做了美國總統。林肯經常坐在酒吧裏跟別人開玩笑。據替他作傳記的人說：每當週末的夜晚來臨，大家都想回家，獨有林肯是最不願意回家的人。他寧願在酒吧和人廝混，藉以增強他的機智，因而使他獲得那種純樸自然的幽默感，並成為一個精通英語的人。

有一天，一個年輕的報童送報紙給林太太，因為遲到了一刻，林太太就痛罵他一頓，嚇得那報童抱頭鼠竄而逃，奔向他的老板哭訴去了。那是一個小市鎮，人人都彼此互相認識。日後報館經理遇到林肯便說起這件事，而林肯回答他說：「請你告訴那小夥計不要介意，他每天只看見她一分鐘，而我卻已忍受十二年了。」

從蘇格拉底與林肯這兩個例子，我們也可以看出表現在他們幽默中的一種精神慰藉，任何一個能容忍他的妻子一桶水淋頭的人便必能成為偉大。

## 老莊是我國大幽默家

在中國，有好多大哲學家都是富有幽默的機智。與孔子同時代的老子便常向孔子開着玩笑講，因為孔子的主張要人經常修養，不斷地求進步，老子則主張返璞歸真。在老子看來，像孔子那樣忙着到處亂跑，滿口仁義道德的人，不免顯得有點滑稽可笑。老子說：「失道而後德，失德而後仁，失仁而後義，失義而後禮……」因此，他說：「知者不言，言者不知。」又說：「聖人不死，大盜不止。」

老子對孔子的批評雖很尖刻，但他的語調還是很婉轉柔和，是從他的髫鬟裏面發出來的。跟亞里士多德同一時代，且為老子傑出門徒的莊子，他那種粗壯豪放的笑聲，卻使歷代均深受其影響。

莊子看到當時政治混亂的局面，曾經說道：「竊鈎者誅，竊國者侯。」

莊子有一則關於寡婦的故事，使我聯想起皮特羅尼斯（西曆紀元[⑥]一世紀羅馬諷刺家）所著那本《艾菲薩斯的寡婦》。

一天，莊子從山林中散步歸來，神情顯得非常悲傷。他的門徒問道：「先生為何顯得這麼悲傷呢？」於是他便說：「我在散步的路旁，看到一個服喪的婦人跪在墓地上，手裏拿着一把扇子用力搧一座新墳，而墳上的泥土還沒有乾呢。我就問她：『你為何要這樣做呢？』那寡婦回答說：『我曾應允我親愛的丈夫，我要等到他的墳土乾了以後才會改嫁。現在你看，這可惡的天氣！』」

⑥ 西曆紀元，即公元。

我很快慰，我們有老子和莊子那樣的聖人，如果沒有他們，則中華民族早已成為一個神經衰弱的民族了。

## 孔子對挫折付之一笑

現在來談談孔子。孔子曾經被人描繪成一個道貌岸然、規行矩步的學究，其實他根本不是那種人。他能笑他自己所以失敗和挫折的遭遇。孔子表面上雖像是個失敗的人，他離鄉背井，出國遠行，周遊列國十四年，想找尋一位樂意將他的主張付諸實施的統治者。他從一個城市走到另一個城市，他的門徒跟隨着他，卻一路上老是受到妒忌他的小政客痛恨。有好幾次他被敵人在路上加以攔截，甚至有一次被圍困在郊外一家小客棧中絕糧七日。當他的門徒開始發生怨聲時，孔子卻在樹下唱起歌來。孔子到鄭國，有一天他和門徒走散了，孔子獨自個站在城東門。鄭人或謂子貢曰：「東門有人，其顙似堯，其項類皋陶，其肩類子產，然自腰以下不及禹三寸，纍纍若喪家之狗。」孔子欣然笑曰：「形狀未也。而似喪家之狗，然哉然哉。」⑦你們看他泰然自若的態度多有趣。

## 新儒家特別缺乏幽默

我想在結束這篇演說時再說明一點，每當人的精神頹廢

⑦ 這個典故出自《史記．孔子世家》，大意是有人說困頓中的孔子像一隻喪家犬，孔子聽到後，不但沒有生氣，還覺得說得很對。

而退化，偽善而誇大的陳腔濫調，甚至殘酷，便會再度抬起頭來。孔子的容忍、幽默和富於人情味的熱情便被忘卻了，於是一些新儒家便把他的教訓納入一套嚴厲的道德法典中，諸如女人纏足，寡婦守節，一個女子在其未婚夫於婚前夭折，即不得改嫁他人等等，竟成為一種崇尚的婦德，非常受到新儒家的鼓勵和欽佩。在這些學者論道德的文章中，就找不出一點人情味和幽默感。而在一些匿名作家或者不敢將其姓名簽署於文學作品的作家所寫的小說中，我們才再度找到幽默和一種比較能真實反映人生，符合一般人思想、知覺與情緒的東西。

# 來台後二十四快事

## 導讀

本文初收入台灣開明書店 1974 年 10 月版《無所不談合集》。

1966 年 1 月，林語堂從美國到台灣，幾天後飛往香港，當年 6 月到台灣定居。林語堂在台灣受到了台灣政要及各界名流的熱烈歡迎，還專程拜見了蔣介石。蔣介石也希望他定居台灣。林語堂到台灣後，在台北市陽明山麓租了一棟雅致的白屋，在庭院挖了個小池，種荷花，養金魚，過得清幽閒適。本文寫他到台灣後，無論在家裏還是電影院，都能聽到鄉音；可以不必拘泥於死板的禮節；台灣政治文明、經濟發展、人們的身體素質不斷提高⋯⋯這表現了他對故鄉和台灣的熱愛。

林語堂推崇晚明小品，金聖歎亦為其平生歎服之人，林語堂曾將「金聖歎批《西廂》，『拷豔』一折，有三十三個『不亦快哉』」譯成英文，收入《生活的藝術》一書中，引起讀者的特別稱讚。此文模擬金聖歎的「不亦快哉」，從身邊日常的小事中發現和挖掘了不少樂趣，讀來讓人會心一笑、拍案叫絕、回味無窮。尤其是「赤膊赤腳，關起門來，學顧千里裸體讀經」、「清風徐來，若有所思，若無所思」等句，頗得金聖歎精髓。

金聖歎批《西廂》，「拷豔」一折，有三十三個「不亦快哉」。這是他與朋友斫山賭說人生快意之事，二十年後想起這事，寫成這段妙文。此三十三「不亦快哉」我曾譯成英文，列入《生活的藝術》書中，引起多少西方人士的來信，特別嘉許。也有一位老太婆寫出她三十三個人生快事，寄給我看。金聖歎的才氣文章，在今日看來，是抒情派，浪漫派。目所見，耳所聞，心所思，才氣橫溢，盡可入文。我想他所做的《西廂記》序文「慟哭古人」及「留贈後人」，詼諧中有至理，又含有人生之隱痛，可與莊生「齊物論」媲美。玆舉一二例，及概其餘。

其一，朝眠初覺，似聞家人歎息之聲，言某人夜來已死。急呼而訊之，正是城中第一絕有心計人。不亦快哉！

其一，久欲為比丘，苦不得公然吃肉。若許為比丘，又得公然吃肉，則夏日以熱湯快刀，淨割頭髮，不亦快哉！

其一，夏日早起，看人於松棚下鋸大竹作筒用。不亦快哉！

仿此，我也來寫來台以後的快事廿四條：

一、華氏表九十五度，赤膊赤腳，關起門來，學顧千里裸體讀經。不亦快哉！

二、初回祖國，賃居山上，聽見隔壁婦人以不乾不淨的閩南語罵小孩，北方人不懂，我卻懂。不亦快哉！

三、到電影院坐下，聽見隔座女郎說起鄉音，如回故鄉。不亦快哉！

四、無意中傷及思凡的尼姑，看見一羣和尚起來替尼姑打抱不平，聲淚俱下。不亦快哉！

五、黃昏時候，工作完，飯罷，既吃西瓜，一人坐在陽台上獨自乘涼，口銜煙斗，若吃煙，若不吃煙。看前山慢慢沉入夜色的朦朧裏，下面天母燈光閃爍，清風徐來，若有所思，若無所思。不亦快哉！

六、赴酒席，座上都是貴要，冷氣機不靈，大家熱昏昏受罪，卻都彬彬有禮，不敢隨便。忽聞主人呼寬衣，我問領帶呢？主人說不必拘禮，如蒙大赦。不亦快哉！

七、看電視兒童合唱，見一小孩特別起勁，張口大唱，又伸手挖鼻子，逍遙自在。不亦快哉！

八、聽男人歌唱，聲音攝氣發自腹膜，喉嚨放鬆，自然嘹亮。不亦快哉！

九、某明星打武俠，眉宇嘴角，自有一番英雄氣象，與眾不同。不亦快哉！

十、看小孩吃西瓜或水蜜桃，瓜汁、桃汁入喉嚨兀兀作響，口水直流胸前。想人生至樂，莫過於此，不亦快哉 ！

十一、甚麼青果合作社辦事人送金碗、金杯以為二十年紀念，目無法紀，黑幕重重。忽然間跑出來一批青年，未經世事；卻是學過法律，依法搜查證據，提出檢舉。把這些城狐社鼠捉將官裏去，依法懲辦。不亦快哉 ！

十二、冒充和尚，不守清規，奸殺女子，聞已處死。不亦快哉！

十三、看人家想攻擊白話文學，又不懂白話文學，想提倡文言，又不懂文言。不亦快哉！

十四、讀書為考試，考試為升學，為留美。教育當事人，也像煞有介事辦聯考，陣容嚴整，浩浩蕩蕩而來，並以分數派定科系，以為這是辦教育。總統文告，提醒教育目標不在升學考試，而在啟發兒童的心智及思想力。不亦快哉！

十五、報載中華棒球隊，三戰三捷，取得世界兒童棒球王座，使我跳了又叫，叫了又跳。不亦快哉！

十六、我們的紀政創造世界運動百米紀錄。不亦快哉！

十七、八十老翁何應欽[①]上將提倡已經通用的俗字，使未老先衰的前清遺少面有愧色。不亦快哉！

十八、時代進步，見人出殯用留聲唱片代和尚誦經。不亦快哉！

十九、大姑娘穿短褲，小閨女跳高欄，使老學究掩面遮眼，口裏呼「嘖嘖！者者！」不亦快哉！

二十、能作文的人，少可與談。可與談的人，做起文章又是一副道學面孔，排八字腳說話[②]。倘遇可與談者，寫起文章，也如與密友相逢，促膝談心，如行雲流水道來。不亦快哉！

廿一、早餐一面喝咖啡，一面看「中副」[③]文壽[④]的方

---

① 何應欽（1890—1987），國民黨元老，中國現當代政治、軍事舞台上的重要人物。

② 排八字腳說話，指道家根據從曆法查出人出生時的天干地支的八個字推算人的命運。

③ 「中副」，台灣《中央日報》副刊，名為「中央副刊」，當時台灣主要的文學發表媒介之一。

④ 文壽，即趙滋蕃（1924—1986），文壽是其筆名，1964年至1980年任《中央日報》主筆。

塊文字，或翻開《新生報》，見轉載「艾子後語[⑤]」，好像咖啡杯多放一塊糖。不亦快哉！

廿二、台北新開往北投超速公路，履險如夷，自圓環至北投十八分鐘可以到達。不亦快哉！

廿三、家中閒時不能不看電視，看電視，不得不聽廣告，倘能看電視而不聽廣告，不亦快哉！

廿四、宅中有園，園中有屋，屋中有院，院中有樹，樹上見天，天中有月。不亦快哉！





⑤ 艾子後語，明代文言笑話集，仿託名蘇軾《蘇子雜談》。

# 論孔子的幽默

## 導讀

本文作於 1974 年，後收入《無所不談合集》，是林語堂關於孔子的作品中比較重要的一篇。孔子是中國的聖人，對中國思想和文化影響巨大。林語堂向外國人介紹中國文化，自然繞不過孔子。林語堂一生寫了很多有關孔子的作品，除戲劇《子見南子》和專著《孔子的智慧》外，還有《再論孔子近情》等文章。

在林語堂看來，孔子與儒家文化不能畫等號，孔子的真面目與後來的宋明理學相去甚遠。但長期以來，人們只認識被程朱理學「改裝」過的孔子。林語堂在《論東西文化的幽默》中說過，「孔子曾經被人描述成一個道貌岸然，規行矩步的學究，其實，他根本不是那種人。」「須知孔子是最近人情的，他是恭而安，威而不猛，並不是道貌岸然，冷酷拒人於千里之外。但是到了程朱諸宋儒的手中，孔子的面目就改了。以道學面孔論孔子，必失了孔子原來的面目。」林語堂對孔子的這些看法，很大程度上吸收了「新文化運動」以來學術研究的成果，是學界的普遍觀點。此文的新意在於深入發掘了孔子的「幽默」：「孔子對門人說的話，很多是燕居閒適的話，老實話，率真話，不打算對外人說的話，脱口而出的話，幽默自得話，甚至開玩笑的話，及破口罵人的話。」林語堂舉了很多《論語》中的例子，來說明孔子的幽默，比如「喪家犬」、「羣居終日」等，可謂還原了孔子的「真面目」。林語堂對孔子「真面目」的還原，自成一家之言，給人很多啟發。

孔子自然是幽默的。《論語》一書，很多他的幽默語，因為他腳踏實地，說很多入情入理的話。只惜前人理學氣太厚，不曾懂得。他十四年間，遊於宋、衛、陳、蔡之間，不如意事，十居八九，總是泰然處之。他有傷世感時的話，在魯國碰了季桓子、陽貨這些人，想到晉國去，又去不成，到了黃河岸上，而有「水哉，水哉！」之歎。桓魋一類人想害他，孔子「桓魋其如予何」的話雖然表示自信力甚強，總也是自得自適，君子不憂不懼一種氣派。為甚麼他在陳、蔡、汝、潁之間，住得特別久，我就不得而知了。他那安詳自適的態度，最明顯的例子，是在陳絕糧一段。門人都已出怨言了，孔子獨弦歌不衰，不改那種安詳幽默的態度。他三次問門人：「我們一班人，不三不四，非牛非虎，流落到這田地，為甚麼呢？」這是我所最愛的一段，也是使我們最佩服孔子的一段。有一次，孔子與門人相失於路上。後來有人在東門找到孔子，說他的相貌，並說他像一條「喪家犬」。孔子聽見說：「別的我不知道。至於像一條喪家狗，倒有點像。」

須知孔子是最近人情的，他是恭而安，威而不猛，並不是道貌岸然，冷酷拒人於千里之外。但是到了程朱諸宋儒的手中，孔子的面目就改了。以道學面孔論孔子，必失了孔子原來的面目。仿佛說，常人所為，聖人必不敢為。殊不知，道學宋儒所不敢為，孔子偏偏敢為。如孺悲欲見孔子，孔子假託病不見，或使門房告訴來客說不在家。這也就夠了，何以在孺悲猶在門口之時，故意取瑟而歌，使之聞之，這不是太惡作劇嗎？這就是活潑潑的孔丘。但這一節，道學家就難以解釋。朱熹[①]猶能了解，這是孔子深惡而痛絕鄉願的表示。到了崔東壁（述）[②]便不行了。有人盛讚崔東壁的《洙泗考信錄》，我讀起來，就覺得贊道之心有餘，而考證的標準太差。他以為這段必是後人所附會，聖人必不出此。這種看法，離了現代人傳記文學的功夫（若 Lytton Strachey[③]之《維多利亞女王傳》那種體會人情的看法），離得太遠了。凡遇到孔子活潑潑所為未能完全與道學理想符合，或言宋儒之所不敢言（「老而不死是為賊」），或為宋儒之所不敢為（「舉杖叩其脛」，「取瑟而歌，使之聞之」），崔東壁就斷定是「聖人必不如此」，而斥為偽作，或後人附會。顧頡剛[④]也曾表示對崔東壁不滿處，「他信仰經書和孔孟的氣味都嫌太重，糅雜了許多先入為主的成見。」（《古史辨》第一冊的長序）

讀《論語》，不應該這樣讀法。《論語》是一本好書，雖然編得太壞，或可說，根本沒人敢編過。《論語》一書，

---

① 朱熹（1130—1200），南宋著名理學家、哲學家、詩人，是孔子、孟子以來最傑出的弘揚儒學的大師。

② 崔東壁（1739—1816），名述，東壁為其號，清代考古辨偽學家，胡適、蔡元培等我國新文化運動的先驅對他的學術地位給以很高的評價。著有《洙泗考信錄》。

③ Lytton Strachey（1880—1932），現通譯利頓·斯特雷奇，英國著名傳記作家、文學評論家，曾為英國歷史上最有名的兩位女王維多利亞和伊利沙伯女王作傳。

④ 顧頡剛（1893—1980），中國現代「古史辨派」的創始人，著名歷史學家、民俗學家。著有《古史辨》。

有很多孔子的人情味。要明白《論語》的意味，須先明白孔子對門人說的話，很多是燕居閒適的話，老實話，率真話，不打算對外人說的話，脫口而出的話，幽默自得話，甚至開玩笑的話，及破口罵人的話。總而言之，是孔子與門人私下對談的實錄。最可寶貴的，使我們復見孔子的真面目，就是這些半真半假、雍容自得的實錄，由這些閒談實錄，可以想見孔子的真性格。

孔子對他門人，全無架子。不像程頤[⑤]對哲宗講學，還要執師生之禮那種臭架子。他一定要坐着講。孔子說：「你們兩三位，以為我對你們有甚麼不好說的嗎？我對你們老實沒有？我沒有一件事不讓你們兩三位知道。那就是我。」這親密的情形，就可想見。所以有一次他承認是說笑話而已。孔子到武城，是他的門人子游[⑥]當城宰。聽見家家有唸書弦誦的聲音，夫子莞爾而笑說：「割雞焉用牛刀。」子游駁他說，夫子所教是如此。「君子學道則愛人，小人學道則易使也。」孔子說：「你們兩三位聽，阿偃是對的。我剛才說的，是和他開玩笑而已。」(「前言戲之耳。」)

這是孔子燕居與門人對談的腔調。若做岸然道貌的考證文章，便可說「豈有聖人而戲言乎⋯⋯不信也⋯⋯不義也⋯⋯聖人必不如此，可知其偽也」。你看見過哪一位道學老師，肯對學生說笑話沒有？

---

⑤ 程頤（1033—1107），北宋理學家、哲學家、教育家。

⑥ 子游（前 506—？），孔子有名的弟子，姓言名偃，故後文稱子游為「阿偃」。

《論語》通盤這類的口調居多，要這樣看法才行。隨舉幾個例：言志之篇，「吾與點也」，大家很喜歡，就是因為孔子作近情語，不作門面語。別人說完了，曾晳以為他的「志願」不在做官，危立於朝廷宗廟之間，他先不好意思說。夫子說：「沒有關係，我要聽聽各人言其志願而已。」於是曾晳砰訇一聲，把瑟放下，立起來說他的志願。大約以今人的話說來，他說：「三四月間，穿了新衣服到陽明山中正公園，五六個大人，帶了六七個小孩子，在公共游泳池游一下，再到附近林下乘涼，一路唱歌回來。」孔子吐一口氣說，「阿點，我就要陪你去」，或作「我最同意你的話」。在冉有、公西華說正經話之後，曾晳這麼一來放鬆，就得幽默作用。孔子居然很賞識。

有許多《論語》讀者，未能體會這種語調。必須先明白他們師生閒談的語調，讀去才有意思。

「御乎射乎？」章 —— 有人批評孔子說：「孔子真偉大，博學而無所專長。」孔子聽見這話說：「教我專長甚麼？專騎馬呢？或專射箭呢？還是專騎馬好。」這話真是幽默的口氣。我們也只好用幽默假痴假呆的口氣讀他。這哪裏是正經話？或以為聖人這話未免殺風景。但是孔子幽默口氣，你當真，殺風景的是你，不是孔夫子。

「其然，豈其然乎？」章 —— 孔子問公明賈關於公叔文子這個人怎樣，聽見說這位先生不言、不笑、不貪。公明賈說：「這是說的人張大其辭。他也有說有笑，只是說笑得正中肯合時，人家不討厭。」孔子說：「這樣？真真這樣嗎？」這種重疊，是《論語》寫會話的筆法。

「賜也，非爾所及也」章 —— 子貢[7] 很會說話。他說：「我不要人家怎樣待我，我就不這樣待人。」孔子說：「阿賜，（你說得好容易。）我看你做不到。」這又是何等熟人口中的語氣。

「空空如也」章 —— 孔子說：「你們以為我甚麼都懂了，我哪裏懂甚麼。有鄉下人問我一句話，我就空空洞洞，了無一句話作回答。這邊說說，那邊說說，再說說不下去了。」

「三嗅而作」章 —— 這章最費解，崔東壁以為偽。其實沒有甚麼，只是孔子嗅到臭雉雞作嘔不肯吃。這篇見「鄉黨」，專講孔子講究食。有飛鳥在天空翱翔，飛來飛去，又停下來。子路見機說：「這隻母野雞，來得正巧。」打下來供獻給孔夫子，孔夫子嗅了三嗅，嫌野雞的氣味太腥，就站起來，不吃也罷。原來野雞要掛起來兩三天，才好吃，我們不必在這裏尋出甚麼大道理。

「羣居終日」章 —— 孔子說：「有些人一天聚在一起，不說一句正經話，又好行小恩惠 —— 真難為他們。」「難矣哉」是說虧得他們做得出來。朱熹誤解為「將有患難」，就是不懂這「虧得他們」的閒談語調。因為還有一條，也是一樣語調，也是用「難矣哉」更清楚。「一天吃飽飯，甚麼也不用心，真虧得他們。不是還可以下棋嗎？下棋用心思，總

⑦ 子貢（前 520—前 156），姓端木，名賜，字子貢，所以後文中孔子稱其為「阿賜」。

比那樣無所用心好。」

幽默是這樣的，自自然然，在靜室對至友閒談，一點不肯裝腔作勢。這是孔子的《論語》。有一次，他說：「我總應該找個差事做。吾豈能像一個牆上葫蘆，掛着不吃飯？」有一次他說：「出賣啊！出賣啊！我等着有人來買我。」（沽之哉，沽哉，我待賈者也。）意思在求賢君能用他，話卻不擇言而出，不是預備給人聽的。但在熟友閒談中，不至於誤會。若認真讀，他便失了氣味。

孔子罵人也真不少。今之從政者何如，孔子說：「噫，斗筲之人，何足算也。」「斗筲」是承米器，就是說「那些飯桶算甚麼！」罵原壤⑧「老而不死是為賊」，罵了不足，又舉起棍子，打那蹲在地上的原壤的腿。罵冉求「非吾徒也。小子鳴鼓而攻之，可也」。真真不客氣，對門人表示他非常生氣，不贊成冉求替季氏聚斂。「由也不得其死然。」罵子路不得好死。這些都是例。

孔子真正屬於機警（wit）的話，平常讀者不注意。最好的，我想是見於孔子家語一段。子貢問死者有知乎。孔子說：「等你死了，就知道。」這句話，比答子路「未知生，焉知死」更屬於機警一類。「一個人不對自己說，怎麼辦？怎麼辦？我對這種人，真不知道怎麼辦。」（不曰如之何，如之何者，吾未如之何也已矣。）「知之為知之，不知為不知，是知也。」也是這一類。「過而不改，是謂過矣。」相

⑧ 原壤（生卒年不詳），孔子的好朋友。

同。「不患人之不己知，求為可知也。」—— 這句話非常好。就在知字做文章，所以為機警動人的句子。

總而言之，孔子是個通人，隨口應對，都有道理。他腳踏實地，而又出以平淡淺近之語。教人事父母不但養，還要敬，卻說「至於犬馬皆能有養」，這不是很唐突嗎？「富而可求也，雖執鞭之士，吾亦為之。」就是說「如果成富是求得來的，叫我做馬夫趕馬車，我也願意。」都是這派不加修飾的言辭。好在他腳踏實地，所以常有幽默的成分在其口語中。美國大文豪 Carl Van Doren[9] 對我說，他最欣賞孔子一句話，就是季文子三思而後行。孔子說：「再，斯可矣。」[10] 這真正是自然流露的幽默。有點殺風景，想來卻是實話。下回我想講「孔子的笑和樂」。

---

⑨ Carl Van Doren（1885—1950），現通譯卡爾·范·多倫。美國著名文學批評家、傳記家，曾獲普利茲獎。

⑩ 這句話的意思是，季文子主張凡事三思而後行，而孔子主張思考兩次就可以了。這體現了孔子的幽默。再，第二次，此處引申為兩次。

# 論買東西

## 導讀

本文為林語堂到台灣後所寫，最初收入台灣開明書店 1974 年 10 月版《無所不談合集》。

林語堂雖然在文中說自己不擅長買東西，但他對於金錢卻並不馬虎。20 世紀 30 年代為開明書店編輯英文教科書，據當事人回憶，林語堂為了版稅跟書局多次協商。1936 年離開上海奔赴美國前夕，他將家裏不需要的東西全都明碼標價賣出去了，可謂精明有頭腦。在美國，他得到著名漢學家、小說家賽珍珠的幫助出版了多種暢銷書，但後來因版稅跟賽珍珠夫婦交惡，也就是本文所謂的「以前在國外與一家書局簽訂合同，也是非常『瀟灑』，帶幾分書生本色，書局要怎麼樣就怎麼樣，大家是朋友，毫不計較，慨當以慷合同就簽了。過了一二十年才明白，朋友開書局也是為賺錢的，這損失的版稅也就可觀，但是已後悔無及了。」

即使如此，生活中也是難得糊塗的，本文記敍他兩次買回不需要的東西，就有一種「糊塗」的灑脱和可愛，一次是因為碰到一位講「一口真正的龍溪話」的店主，引發了作者的鄉情；另一次是遇到「一說了錯話，臉就紅起來」的十二三歲的小孩兒看店，讓作者感覺以孩子的純真，店裏的貨物必定是童叟無欺的。這兩次購物讓他體會到了買東西的藝術：「他也高興，我也高興。」也就是説，買賣交易，在物有所值之外，還應該有人情在裏面。

通常人的意見，認為一個捧書本的人不宜做買賣。此中似有至理。孔子說「富而可求」，雖然做馬夫，他也願意。的確，做生意有生意經，不懂這一行的人，投機無不失敗。大賈富商，自有其天生的一副才幹，何時應買進，何時應脫貨，操縱自如，當機立斷，自有其不可捉摸的天才。這是另一種的聰明，生而知者一類，別人學不來。我常買不當的東西，而不買所當買，或是買來人所認為無用之物。太太說我買東西做小交易不行，我委實不行，但是也自有我不行的道理。

人有理智，但未必是理性的動物。細想小時唸書，數學並不覺得難，但是辦事精明一道，實在不無遺憾。有些地方，買賣還價應該比開價少五六成，我總是以九折還價；要是還一半的價，我總開不出口。以前在國外與一家書局簽訂合同，也是非常「瀟灑」，帶幾分書生本色，書局要怎麼樣就怎麼樣，大家是朋友，毫不計較，慨當以慷合同就簽了。過了一二十年才明白，朋友開書局也是為賺錢的，這損失的版稅也就可觀，但是已後悔無及了。年事漸長，閱歷漸深，以後訂合同，就沒有「不治生產」那一套書生本色了。此是話外不題，單說我做小交易買所不當買的道理。

徜徉街頭，看看店窗中陳列的貨物，視而不買，自是一種樂趣，是居城市中人一種不花錢消遣的方法（英語叫做 Window Shopping），因為不花錢，一看就可看幾十家。但是因為看，有時就不免停足，飽享眼福。婦女閨秀過鞋店，沒有不停足凝視的。有時感情衝動，由停足而跨進店門，就難保不買所不當買的東西了。我過文具店、五金雜貨也必停足。有一回我跨進五金店的門，買了一把錘子，一圈銅絲，和不少可用而不必要用的鋼鐵器物。原因很簡單，起初倒無意要買什麼，可是店主是一口真正的龍溪話。普通的閩南話，都有多少縣份的腔調不同，生為龍溪人，聽到真正的故鄉的音調，難免覺得特別的温情。我們一談談到漳州的東門，又談到江東大石橋，又談到漳州的鹼水桃、鮮牛奶，不覺一片兒時的歡欣喜樂，一齊湧上心頭。誰無故鄉情，怎麼可以不買點東西空手走出去？於是我們和和氣氣做一段小交易，拿了一大捆東西回家。

「Y. T.，你又買一把錘子，我們已經有一把。」

「一把找不到，還有一把。不是兩把好嗎？」

「銅絲鉛條我們一大堆。又那些鉗子、釘子、螺旋扛重器有甚麼用處？」

「一點沒有用處。」

「那你買它做甚？」

「我不知道。」

人不能無常情，為故鄉情而買不必用之物，是不可以理喻的。大概人家做生意，又不是向你乞貸，你心裏高興，又得到物件實惠，不能算花冤枉錢。花冤枉錢的，是走入洋行，有錢要買東西，偏偏遭人白眼不理。香港某家洋行，貨色十分高貴，女店員是有名的十足洋奴，喜歡伺候洋大人，看見自己同胞，總是要理不理，令人生氣。後來我要買一件需要的東西，裝個神氣，穿洋服，一進去就是打起洋大人吩咐家童的架子，向女店員說一口漂亮的英語，果然得該店員帖帖服服的招呼。大概這種地方，少走為是。

買東西也是與小孩子接近的好機會。你在街上踱步，無故總不好意思和小孩子攀談。人家在玩，一問一答就完了。大概十幾歲小孩，能代父母管店的，都還不錯。小孩子怎樣調皮，也沒有大人的陰詐虛偽。有一回在中山北路某文具店，有一個十二三歲小孩子看店，一說了錯話，臉就紅起來。我想非買他的東西不可，因為我知道臉紅不能假的。於是我們成交二百多元。論理這一大堆的大信封、卷宗套子、尺、原子筆，都是家裏已有的東西，不必買，無須買。然而買時小孩子一對黑漆的眼珠那麼大，他也高興，我也高興。這是買東西的藝術，而我是買東西的藝術家。

人生在世，年事越長，心思計慮越繁，反乎自然的行為越多，而臉皮越厚。比起小孩子，總如少了一個甚麼說不出來的東西，少了一個 X。就說求其「放心①」吧，亡羊亡馬可以求之，所亡的「放心」怎樣求法，恐怕未必求得來。這是人生的神祕，也是人生的悲劇。我想還是留點溫情吧，不然此心一放，收不回來，就成牛山濯濯的老滑巨奸了。

宋儒喜歡講明心見性，以莊以誠求之，要除去物慾之蔽。無奈此心此性，總是空的，到了無蔽無慾的境地，便愈空無所有，而以莊以敬，反而日趨虛偽。就使你做到明心見性便如何，此顏習齋②之所以不滿於程朱之學而起了抗議。我想心不必明，性不必見，只看看小孩子好了。

① 放心，古漢語用法，指被迷失的原有的孩童般的心。

② 顏習齋（1635—1704），名元，習齋為其號。清初思想家、教育家，當時著名學派「顏李學派」的創始人。

# 記鳥語

## 導讀

本文初收台灣開明書店 1974 年 10 月版《無所不談合集》。

林語堂到台灣後，過着悠閒自在的日子。其助手黃肇珩回憶説：「他在台北市郊的陽明山麓，租賃一所有庭院的住屋，在竹影婆娑、綠茵如毯的庭院中開了一個小池，荷花上綻，金魚下游」，「他最愛在天井裏，聆天籟，吃早點，更長的時間，他是叼着煙斗，對着那一小池魚沉。」除了在自家庭院閒坐外，林語堂還喜歡逛台灣的景點。本文所記的鳥語，就來自台灣著名的風景區日月潭。

本文的最大特點，就在於文章開始並不寫鳥，而是「散漫」地寫熱與乘涼，最後話鋒一轉，才開始寫「鳥語」。文章訴諸讀者視覺，對鳥語進行空間化處理：「這樣此唱彼和，隔山相應，鳥音渡水而來，以湖山為背景，以林木為響聲，透過破曉的藍天，傳到我的耳朵來，自然成一部天然的交響奏。」這句話非常經典，讀者從中仿佛看到一幅色彩斑斕、鳥聲悦耳的美麗畫面。

作者很幽默，善於將鳥聲理解成令人發笑的詞語，比如「快起來！快起來！」「臊！臊！害臊！」等，也使文章充滿了生機和趣味。

到了日月潭，每一個毛孔都舒服起來了。毛孔可以泄汗，泄汗就可以使汗化氣，汗化氣即減少熱度，所以這是一副天然冷氣機。人身有三萬六千毛孔，就有三萬六千架的小型冷氣機。所以出得汗，就爽快。避暑要訣，倒不一定在不出汗，是必要出汗時，汗出得來。你穿上洋服，掛領帶就有十一層布封在脖頸上，把冷氣機堵住，汗出不來，氣泄不得，非造物之罪也。（外衣領處必是大的，故爾兩層，再翻領是四層；襯衫此處又翻領又為四，合為八，領帶二，又加當中鋪墊一層為三，故為十一，即十一道封條，不許泄氣。）假定不被封鎖，清風徐來，輕輕吹過毛孔上小毛，就非常適意。若是不居山上而居城市，山風吹不到，是人為的，又非造物之罪也。領帶之為物，乃北歐寒帶演化出來的服裝，與熱帶最不相宜。有時入鄉隨俗，不得不帶，真是無可如何。這且表過不提，單説日月潭的鳥語。

公冶长[①]懂鳥語，這不是不可能，只是常人不大理會而已。語言發源於詩歌，先有感歎吟唱，然後有文字語言，這是語言學上的 Sing-Song Theory。世界文學史，都是先有詩歌，才有散文，所謂「詩亡然後春秋（散文）作」。本來是應當如此的，所謂語言只是傳達意思的手段。蜜蜂覓到好花盛開處，回來巢中向他蜂作特種跳舞，報導消息，並指示花園方向，是一種語言。螞蟻遇於途中，交須一會，亦是傳達意思。所以中文説鳥語，不説鳥歌是對的，是能特別體會鳥類的生活。

---

① 公冶長（前 519—前 470），春秋時期孔子的弟子。

新近我家買幾隻雞來養。有一早晨一小雞忽然學唱，負起他司晨的責任了。其聲音嘶而促，絕不像大雄雞的響徹。你絕對想不到，這一唱，籠中的小姐都發昏了，個個心裏亂跳，發出温柔繾綣的聲音，說：「我在此地。」其聲音有母雞的温柔，而卻沒有老母雞的粗鄙。

日月潭有各種野鳥。在晨光熹微、宇宙沉寂，可惡的人類尚在夢寐中之時，眾鳥可以自由自在、無憂無慮地開他們的交響樂會。大概日月潭的鳥語可分四五種，而最特別的是一種我所謂「時哉鳥」，唱的主調是「時哉——時哉！」重疊地唱，而加以啁啾的囀喉音。那天我沒聽見子規鳥的「思歸！思歸！」不知有沒有。我想春天應該有的。江浙人說子規的叫是弟弟哭他被繼母迫死的哥哥，泣血而死，化為杜鵑，因為江浙音呼「哥」為「孤孤」。眾鳥的語式不同，其中也有：

「快起來！快起來！」這是早眠早起很勤謹的一種小鳥，呼其同類，覓好蟲吃。

「臊！臊！害臊！」聲音非常粗暴。這是一種厭世的敢棲高士，以為舉世沉濁，不足與壯語。無疑的他是「黃老派②」的。

「莫躊躇！莫要躊躇！可別胡塗」！——聲音非常輕細而婉約動人。

② 黃老派，道家的一個派別，黃為黃帝，老為老子，兩人都為道家的代表人物。

其餘還有僅發唧唧咄咄的短音。時哉鳥，唱得囀音特別多，夾雜別的話，再以「時哉！時哉！」主題為結束。這樣此唱彼和，隔山相應，鳥音渡水而來，以湖山為背景，以林木為響聲，透過破曉的藍天，傳到我的耳朵來，自然成一部天然的交響奏。這是在庭院內以鳥籠養鳥所領略不到的氣象。其自然節奏及安插，連他們的靜寂停頓而後再來，都是有生氣的。百鳥齊鳴的情形，大率如下。

「啾啾！還不起？快起來！我說快起來！」忽然天上傳來的美樂，SO，MI，RE，DO —— SO，SO，MI，RE，DO……TR……TR……TR，TR 時哉！時哉……TR，可不是嗎？……時哉！時哉！……不起，不起，還不起？SO，MI，RE，DO —— SO，SO，MI，RE，DO……莫躊躇！別胡塗，莫要躊躇……TR……時哉，時哉，時哉！可不是嗎？時哉！時哉！時哉！還不起，還不起？臊！臊！害臊！SO，MI，RE，DO —— SO，SO，MI，RE，DO（靜默半分鐘）……「啾！……啾！啾，莫胡塗，莫躊躇……時哉！時哉！時哉！……」

責任編輯 楊紫東
封面設計 高林
版式設計 鄧佩儀
排版 陳美連
印務 劉漢舉

名家散文必讀系列

# 林語堂

作者　林語堂
導讀　李　斌

**出版 | 中華教育**
香港北角英皇道 499 號北角工業大廈 1 樓 B 室
電話：（852）2137 2338　傳真：（852）2713 8202
電子郵件：info@chunghwabook.com.hk
網址：http://www.chunghwabook.com.hk

**發行 | 香港聯合書刊物流有限公司**
香港新界荃灣德士古道 220-248 號 荃灣工業中心 16 樓
電話：（852）2150 2100　傳真：（852）2407 3062
電子郵件：info@suplogistics.com.hk

**印刷 | 美雅印刷製本有限公司**
香港觀塘榮業街 6 號海濱工業大廈 4 樓 A 室

**版次 | 2023 年 11 月第 1 版第 1 次印刷**

**規格** | 32 開（195mm x 140mm）

**ISBN** | 978-988-8860-95-1